사람이
사는
집

사람이
사는
집

김성환 지음

때로는 뜨겁게,
때로는 아프게,
이 남자가 사는 법

나무의마음

생의 난간에
꽃을 심다

"내게 걸을 수 있는 힘이 남아 있다면 함께 걷자. 만약 둘 중 하나가
신의 부름을 받고 먼저 하늘로 간다면 살아남은 사람이 그 사람 몫까지
걸어서 죽은 사람의 소원을 들어주는 거야."

가끔 마을 어귀를 산책하다 보면 하늘을 향해 두 팔 벌린 아름드리나무를 본다. 나무는 두터운 나이테만큼 오랜 세월 오고가는 수많은 사람들의 사연을 들었을 것이고, 꽃과 나비, 눈과 비와 바람 그리고 별과 하늘의 이야기를 들었을 것이다.

나무를 볼 때마다 궁금했다. 그 숱한 이야기들이……

평상에 누워 나무를 올려다본다. 세찬 바람과 모진 추위를 이겨내고 하늘로 오르는 나무와 햇살에 반짝이는 푸른 잎을 보며 지금 이 순간 내가 아직 살아 있다는 사실에 감사했다. 그리고 '희망'이란 말이 새삼 가슴 가득 차올랐다.

2004년 급성맹장으로 수술을 받게 되었다. 그때 내 몸 안에 희귀암인 GIST(위장관기저종양)가 자라고 있다는 사실을 처음 알게 되었다.

그 후 1년 밖에 살 수 없다는 선고를 받고도 생을 유지했고, 7일밖에 못 살 거라는 시한부 선고를 받기도 했다. 하지만 나는 그 약속받은 시간을 지나 10년째 살아 있다.

독한 항암제를 장기간 먹은 탓에 뼈와 가죽밖에 남아 있지 않은 몸 그리고 세 번의 대수술.

포기하고 싶고 좌절해 넘어질 때마다 지친 나를 일으켜 세운 사람은 아내다.

오늘도 웃음을 잃지 않으려 애쓰며 내일이란 시간을 내게 선물하기 위해 최선을 다하는 나의 아내. 그녀는 내게 가장 큰 희망이자 동시에 눈물이다.

가끔 생각한다.

'전생이 있다면 아내와 나는 어떤 인연이었을까?'

그리고 다시 생각한다.

'여보, 만약 다음 생에 다시 태어난다면 그때는 남자와 여자, 남편과 아내 말고, 수도자로 살고 싶어. 그래서 당신의 행복, 당신의 웃음을 위해 늘 기도하고, 당신의 슬픔과 눈물을 내가 대신 마시며 지켜 주는 사람이 되고 싶어.'

투병생활을 하던 중 어느 날 지인에게 《무탄트 메시지》라는 책을 선물로 받았다. 이 책은 자연과 조화를 이루고 신을 사랑하며 신의 뜻에 맞는 삶을 사는 호주 원주민에 관한 이야기다.

암환자가 되어 '과연 이런 몸으로 이제 내가 무엇을 할 수 있을까?' 하는 좌절감과 분노, 막막함에 헤매고 있을 때 이 책 속에서 발견한 한 구절은 꺼져 가던 불씨 같던 내게 큰 힘이 되었다.

"질병이 우리에게 새로운 것을 배우는 기회가 될 수 있다."

더 이상 침상에 누워 이대로 죽을 날만을 기다릴 수는 없었다.

'새로운 것을 배우고 도전하겠다'는 생각이 커지면서 2014년 3월, 부산에서 서울까지 약 5백 킬로미터의 긴 산책을 결심한 것이다.

내게는 꼭 걸어야 할 이유가 있었다. 지금은 유명을 달리했지만, 긴 산책을 떠나기 전 두 분과 한 약속을 지키고 싶어서였다. 그리고 나처럼 암 투병으로 힘들어하는 분들에게 미약하나마 용기를 주고 싶었다.

내가 산책을 떠나기 전 간암으로 돌아가신 고故 이성규 다큐 감독님은 생전에 내게 이렇게 말하곤 했다.

"내게 걸을 수 있는 힘이 남아 있다면 함께 걷자. 만약 둘 중 하나가 신의 부름을 받고 먼저 하늘로 간다면 살아남은 사람이 그 사람 몫까지 걸어서 죽은 사람의 소원을 들어주는 거야."

같은 암환자로 알게 된 고故 장동원 님은 내가 "부산에서 서울까지 걸어보려고 합니다"라고 했을 때 내 손을 꼭 잡아 주며 말했다.

"그런 꿈을 꿀 수 있어 행복해 보입니다. 다녀와서 꼭 이야기해 주세요. 제가 죽으면 여기서는 들을 수 없겠지만, 하늘나라에서라도 들을 수 있게 꼭 이야기해 주세요."

끝내 함께 걷지 못하게 되었지만, 나를 통해 희망을 보고 싶어 했던 그분들을 위해서라도 나는 꼭 걸어야 했다.

그렇게 난 긴 산책을 떠났다. 주위에서 미쳤다고, 걷다가 죽을지도 모른다고 간곡하게 말렸지만, 누구도 나를 포기하도록 하지 못했다. 통증만을 견디면서 병실과 어두운 방에서 하루하루 쇠약해지는 삶을 살고 싶지 않았다.

삶을 살아가는 데는 크게 두 가지 방식이 있다. 양적으로 오래 사는 것과 짧더라도 질적으로 깊이 있는 삶을 사는 것인데, 만약 내게 한 가지를 선택하라면 질적으로 행복한 삶을 살고 싶다.

앞으로 내게 얼마의 시간이 남아 있는지 모르겠지만, 그 시간 동안 벼랑 끝까지 떠밀려 마지못해 사는 삶이 아니라 매순간 새롭게 배우며 희망을 향해 나아가고 싶다.

한 달이 넘는 시간 동안 매일 임상실험 항암제(나에게는 4번째다)를 먹어 가며, 걷고 또 걸었다.

포기하고 싶었던 순간도 있었고, 눈물 나게 외로운 순간도 있었지만, 긴 산책을 하겠다고 용기 냈던 첫 마음을 생각하며 마침내 목표했던 서울까지 완주했다.

주위에서는 무사히 돌아온 게 기적이라고 말한다. 그러나 삶의 끝자락에서 긴 산책을 마치고 돌아온 나에게 그 시간은 오히려 새로운 기회를 주었다.

지금 나는 국내외 암환자와 장애아들을 위한 일을 계획하고 있다. 내 몸에는 여전히 암 덩어리가 커가고 있지만, 그보다 훨씬 더 크고

밝은 희망을 안고, 그 힘으로 오늘도 느리지만 한걸음 한걸음 천천히
나아가고 있다.

2014년 8월
김성환

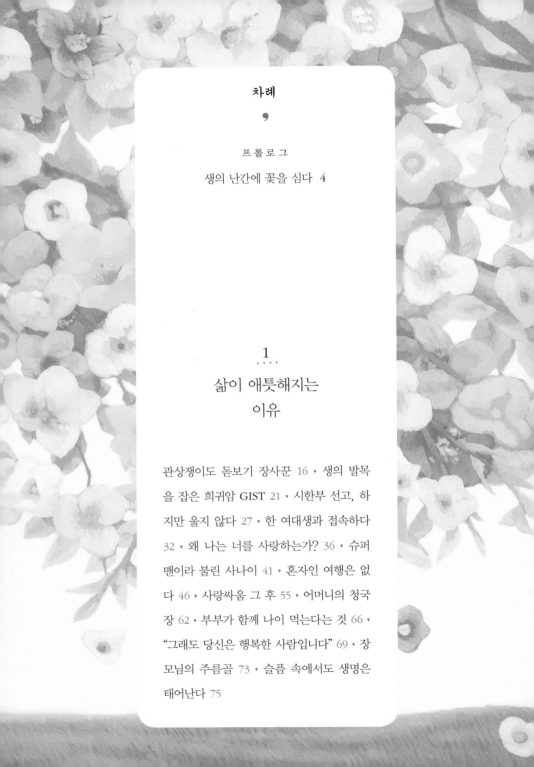

차례

,

2

다정하게
오늘을 위로하는 것

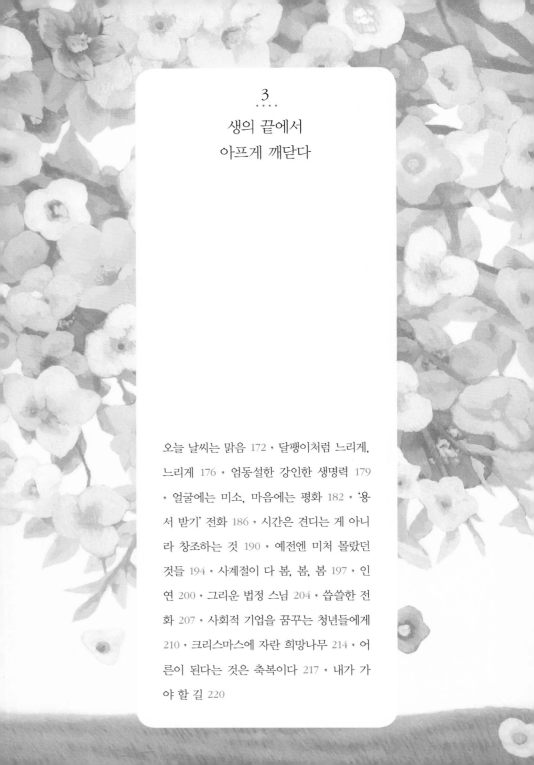

3
····

생의 끝에서
아프게 깨닫다

4
. . . .
산책,
사람을 향해 걷다

에 필 로 그

,

1
. . . .

삶이
애틋해지는 이유

관상쟁이도
돋보기 장사꾼

,

"얼마나 시간이 남았나요?"

"약 8개월, 길면 1년 정도입니다."

담당의사가 낮은 목소리로 말했다.

2007년 늦가을, 바람이 차가웠지만 햇살은 따뜻한 날이었다.

남은 인생이 길어야 1년이란다.

그 시간 동안 무엇을 하면 좋을까?

며칠 뒤 아침 나는 정장을 차려 입었다. 회사를 다니면서도 정장을
잘 입지 않아서인지 아내가 의아해하며 물었다.

"오늘 어디 가?"

"가긴, 회사 가지. 왜?"

"우리 신랑 멋져 보여서."

그냥 웃어 보였다. 애써 참았던 눈물이 문밖으로 나오자 쉴 새 없이 흘러내렸다.

엘리베이터를 타고 내려오면서 손으로 눈물을 훔치다 거울을 보며 애써 웃는 연습을 해보았다.

오늘은 태어나서 가장 멋진 사진을 찍어야 하니 평소보다 더 활짝 웃어야 했다. 더 활짝~!

집에서 먼 회사 근처에서 영정사진을 찍기로 했다. 혹시나 아내의 귀에 이 말이 들어가면 슬퍼할 것이 분명하기 때문이다.

작은 사진관 안에 들어갔다.

"증명사진 좀 멋지게 찍어 주세요!"

나이 든 사진사가 "저기 앉으세요"라고 무뚝뚝하게 말했다.

첫 번째는 담담하게 앉아 있었는데, 두 번째 다시 찍으려 하니 눈물이 흐르기 시작했다.

마음을 다잡으려 심호흡을 한 후 애써 웃으면서 "찍어 주세요" 하자, 사진사가 나를 가만히 쳐다보았다.

"손님, 이 사진 어디에 쓰려고 하시는 거죠?"

순간 정적이 흘렀다.

"그냥 회사에 내려고요."

다시 한 컷을 찍었다.

"손님, 눈이 빨개서 사진이 이상할 것 같습니다."

사진사가 다시 물었다.

"이 사진 어디에 쓰실 건데요?"

대답 대신 그냥 고개를 숙였다.

사진사가 한동안 아무런 말이 없던 내게 이렇게 말했다.

"내가 보기엔 앞으로 10년 이상 살 것 같은데……. 내 말 믿어요. 내가 사람 사진 한두 번 찍나. 척하면 척이야. 관상쟁이도 내 앞에서는 돋보기 장사꾼이야. 내 말 믿어요."

'관상쟁이도 돋보기 장사꾼'이란 말에 나도 모르게 미소가 흘렀다. 정말 그 말을 믿고 싶었다.

"감사합니다, 어르신."

"아냐, 감사하긴……. 무슨 이유인지 모르지만 눈이 살아 있어. 그 눈으로 적어도 40~50년은 거뜬히 살 수 있으니 걱정일랑 마시오!"

사진사의 단호한 말이 큰 위로가 되었다.

"참, 가면서 이거 먹게!"

귤이었다. 순간 입안에 침이 고이면서 식욕이 생겼다. 마치 이 귤을 다 먹으면 사진사의 말이 마법처럼 이루어질 것 같았다.

그분을 만난 후 7년을 더 살았다.

가끔 힘들 때면 "내 앞에선 관상쟁이도 돋보기 장사꾼"이라고
말해 주던 사진사와 그가 건네준 글을 생각한다.

가끔 힘들 때면 "내 앞에선 관상쟁이도 돋보기 장사꾼"이라고 말해 주던 사진사와 그가 건네준 귤을 생각한다.

그리고 "40~50년은 더 살 거야"라던 그의 말을 최면처럼 읊조린다.

생의 발목을 잡은
희귀암 GIST

,

병을 발견한 건 생각지 못한 일이 터지면서였다.

2004년 퇴근하고 집에 오는데 오른쪽 배가 살살 아프더니 집에 도착할 무렵엔 통증 때문에 다리를 펴지도 못하고 거실에 누워 꼬박 밤을 새웠다.

다음 날 대학병원에 가보니 급성맹장이라고 했다.

1시간 안에 끝난다던 수술은 3시간이 지나도 끝나지 않았다.

예상 시간보다 수술이 길어지자, 기다리던 아내는 끝내 울음을 터트렸다고 한다.

마침내 수술실에서 나온 의사는 아내에게 불길한 말을 건넸다.

"수술은 잘되었는데, 이상한 게 발견되었습니다."

그러면서 7센티미터쯤 되는 혹을 보여 주었다.

이후 이어진 조직검사 결과 GIST라는 희귀암으로 밝혀졌다. GIST는 위장관의 근육층에 생기는 종양으로 일반적인 위암이나 대장암과는 세포 모양 자체가 달라 치료가 어렵다고 한다. 위나 대장 등 조직에 생기는 암이 아니기 때문에 방사선 치료도 불가능하다.

그동안 병의 전조가 있긴 했다. 두세 번 길에서 쓰러져 응급차를 타고 병원에 실려 간 적이 있었던 것이다. 당시 많은 검사를 했지만 그때 돌아오는 답은 늘 같았다.

"이유를 알 수 없습니다."

그렇게 며칠 검사를 하고 수혈을 받은 후 모든 수치가 정상이 되면 다시 회사로 복귀해 일을 한 것이다.

결국 맹장수술을 하게 되면서 GIST를 발견하고, 동시에 두 가지를 제거하는 수술을 받았다.

수술은 성공했지만, 암이라는 진단은 충격이었다. 더구나 희귀암이라니. 하늘이 무너져 내리는 것 같았다.

암 선고를 받은 날, 나는 살면서 흘렸던 눈물을 모두 합친 것보다 훨씬 더 많은 눈물을 흘렸다.

'왜 내게 이런 일이…….'

도저히 믿을 수 없었고, 받아들이기 힘들었으며, 모든 것이 원망스럽기만 했다.

어디선가 혼자 울고 온 아내는 내 앞에서 티를 내지 않으려고 했지만, 애써 눈물을 참는 모습이 나를 더 괴롭게 했다. 무슨 말이라도 하게 되면 눈물이 쏟아질까 봐 자꾸만 하늘을 보는 가족을 보는 것도 힘들었다.

결국 중심을 잡아야 하는 것은 나 자신이었다. 절망에 빠진 나를 구하려고 따뜻하게 안아 주는 아내와, 안타까운 마음에 손을 꼭 잡아 주는 가족을 위해서라도 내가 씩씩해져야 했다.

그래서 병원에서 그 누구보다 열심히 운동하고, 더 많이 산책하고, 더 많이 웃으려고 노력했다.

퇴원 날짜가 다가오자 수술담당 교수님은 한 번 더 수술을 해보자고 했다. 하지만 수소문해 보니 다른 병원에 GIST 권위자가 있다는 사실을 알게 됐다.

옮긴 병원의 주치의는 재발 확률이 높으니 글리벡이란 항암제를 먹는 게 좋겠다고 제안했다. 하지만 글리벡은 한 달에 3백~4백만 원이나 하는 고가의 약이어서 선뜻 먹을 수가 없었다.

결국 내가 선택할 수 있는 것은 3개월 또는 6개월마다 검사를 하고 결과를 듣는 정도였다.

고통의 시간을 지나
이 노래를 듣고 있다는 사실만으로도
나는 행복하지 않을 수 없다.

그러다 2006년 초부터 암이 조금씩 자라기 시작했다.

늦은 밤 오른쪽 아랫배의 통증으로 병원 응급실로 실려 갔고, 결국 터져버린 암을 수술했다.

내 기억으로는 그 즈음부터 GIST의 고위험군은 글리벡을 보험으로 먹을 수 있는 기회가 열렸지만, 내 경우 얼마 지나지 않아 내성이 생겨 더 독한 항암제를 먹을 수밖에 없었다.

주위에서는 초기에 글리벡을 복용했더라면 나았을 거라고 말하기도 한다.

사실 수술 후 글리벡을 먹고 낫는 환우들을 보면 기분 좋기도 하고, 한편으로 비싼 비용 때문에 먹지 않겠다고 한 선택에 대해 아쉬움이 밀려오기도 한다. 그나마 다행인 것은 지금 먹고 있는 항암제 레고라페닙은 한 달에 5백~6백만 원이나 하는데, 임상실험 대상자라서 무료로 복용하고 있다는 사실이다.

임상실험 대상자로 항암제를 먹을 수 있다는 건 암환자에게는 어쩌면 행운일 수도 있지만, 매일 복용하다 보니 38~40도의 고열과 혈압으로 하루 종일 고생하기도 한다. 밤에도 깊은 잠을 잘 수가 없다. 그러다 보니 아침이면 몸이 천근만근이다.

하지만 되도록 상쾌한 아침을 맞이하려고 노력한다. 맑은 날은 새들이 햇빛을 물어 나르며 쫑알거리고, 비가 오는 날은 빗소리가 음표가

되어 흐르고, 바람 부는 날은 문틈을 부딪치며 경쾌하게 지나가는 소
리들.

이 삶의 교향곡이 울려 퍼지는 아침, 그래도 나는 아직 살아 있지
않은가.

고통의 시간을 지나 이 노래를 듣고 있다는 사실만으로도 나는 행
복하지 않을 수 없다.

시한부 선고,
하지만 울지 않다

,

2012년 1월 종양내과 진료실 안에 아내와 나 그리고 주치의만 있었다. 검사 결과는 내가 예상한 대로였다.

"복부 아래 15센티미터 크기의 암 덩어리가 존재합니다. 항암제와 수술 중에 하나를 선택하세요. 항암제는 보험이 안 되는 약입니다. 만약 수술을 원하면 ○○ 의사에게 가보세요. 이 두 가지 중 선택을 안 하시면 앞으로 더 큰 고통이 찾아올 겁니다."

이제 남은 것은 선택의 문제였다. 결국 나는 항암 치료도 수술도 하지 않겠다는 선택을 했다. 그것은 고통을 선택한 것이 아니었다.

희망, 그놈의 희망을 선택한 것이다.

약 8년간 항암제의 고통과 중간중간 크고 작은 수술로 인간다운 삶을 거의 포기한 채 살았다. 죽을 것 같은 항암제의 고통과 통증 그리고 수술 후 오는 육체적·정신적 후유증이 점점 나을 거라는 기대와 희망을 갉아먹고 있었다.

딱 1년만이라도, 그것이 욕심이라면 반년만이라도, 이 역시 욕심이라면 3개월만이라도 사람답게 살고 싶었다.

종양내과 주치의와 상담 후 외과로 갔다.

외과의가 굳은 얼굴로 말했다.

"수술 불가입니다."

목부터 가슴까지 침이 넘어가지 않을 만큼 뻐근해 왔다.

"너무 많은 곳에 전이가 되었습니다. 그리고 수술하기엔 너무 크네요."

"그럼, 이제 어떻게 하면 되죠?"

아내가 물었다.

"그냥 집에서 편하게 지내시는 게 최선입니다. 좋은 거 많이 드시고……."

아내도 나도 아무 말도 하지 않았다. 뭔가 말을 하면 감정을 추스를 수 없을 것 같았다.

내가 물어볼 게 있어서 종양내과에 다녀온다고 하니, 아내는 차에서 기다리겠다고 했다.

남자 화장실에서 결국 참았던 눈물을 쏟아내고 말았다. 눈에서는 눈물이 계속 흘러내리는데, 그 와중에도 기다릴 아내 생각에 거울을 보면서 환하게 웃는 연습을 했다.

차 문을 열었을 때 아내는 나보다 더 많이 울었다는 걸 알 수 있었다. 나를 반겨 주는데 목소리가 잘 나오지 않을 정도였다.

우리는 서로 얼굴을 보려고도, 위로의 말을 건네려고도 하지 않았다. 때로는 상대의 슬픔을 모른 척해 주는 것이 서로에게 최선일 때도 있음을 잘 알기에……

그날 밤 나는 피곤하다며 먼저 침대에 누웠다. 10분쯤 지났을까, 아내가 거실에서 소리 죽여 우는 소리가 들렸다. 아내의 울음소리에 나는 침실에서 울음을 들키지 않으려 베개를 입에 물었다.

거의 두 달 동안 우리는 아침마다 눈이 퉁퉁 부운 얼굴로 마주했다.

아내의 손을 꼭 잡으며 말했다.

"울고 싶으면 마음껏 울어. 참지 말고. 그러다가 속병 생기겠다."

"이젠 안 울어."

그 대답 끝에 눈물이 고였다. 그 눈물에 나도 그만 울고 말았다.

하지만 슬픔도 면역이 생기는 걸까. 시한부 인생이란 충격도 시간이 지나면 익숙해지는 건지, 그 뒤로는 더 이상 울지 않게 되었다.

이제 남은 시간을 어떻게 하면 좀 더 행복하게 지낼까만 생각하기로 했다. 우리에게 얼마 남지 않은 귀한 시간을 쓸데없는 데 낭비할

슬픔도 면역이 생기는 걸까. 시한부 인생이란 충격도 시간이 지나면 익숙해지는 건지. 그 뒤로는 더 이상 울지 않게 되었다.

수는 없었다.

그렇게 마음먹고 나니 예전엔 미처 몰랐던 것들이 새삼 눈에 들어오기 시작했고, 소소한 것들에 대한 감사한 마음이 생겼다.

어린 조카가 큰아빠 웃으라고 매일 동영상을 보내 주고, 아내는 예전보다 더 자주 나와 눈을 마주치며 이야기하고, 함께 음식을 만들어 먹으며 웃는다.

매일 매일이 행복이다.

병원에서는 희망이 없다고 했지만, 이렇게 행복해하다 보면 희망이 생기지 않을까.

한 여대생과
접속하다

,

배우 한석규와 전도연 주연의 영화 〈접속〉은 예전 PC통신시대가 영화의 배경이다. 지금은 사라진 천리안, 나우누리, 유니텔 등이 있던 시절, 청춘남녀의 만남과 대화를 엿볼 수 있다. 나와 아내도 그 접속의 시대, 유니텔 동호회에서 만났다.

그런데 내가 아내에게 첫눈에 반했냐 하면 꼭 그렇지는 않다. 책 동호회에서 이야기가 잘 통하는 세 명과 종로 피맛골에서 처음 막걸리 잔을 기울일 때만 해도 아내를 눈여겨보지는 않았다. 당시 직장인이었던 나는 젊은 대학생들과 어울려 파릇파릇한 대화를 나누는 게 좋았을 뿐이다.

그 무렵 나는 회사생활로 바쁘긴 했지만 주말이면 동호회 모임에 빠지지 않고 참석하곤 했다. 그러다 자연스럽게 아내와 단둘이 만나게 되었다.

나중에 알게 된 사실인데, 두 회원이 자연스럽게 나오지 않게 된 것은 한 여자 회원이 아내에게 귀띔을 해주었기 때문이었다.

"성환 씨가 널 좋아하는 것 같아. 한번 사귀어 봐. 우리는 이제 빠질게."

여자의 직감은 정말 대단하다. 난 한 번도 좋아하는 티를 내지 않았다고 생각했는데 말이다.

우리가 만나는 명분은 늘 책이었다.

"책 보러 가자!" "책 사러 가자"였을 뿐, 서로 마음을 고백한 적은 없었다.

1999년 9월 19일, 속마음을 드러내지 않은 채 겉돌던 우리 사이의 벽을 먼저 깬 건 아내였다.

"좋아해."

그 말을 듣는 순간, 내 안에 숨어 있던 감정이 터져 나왔다. 주위는 모두 사라지고 세상에 온통 아내만 존재하는 듯했다. 그날 이후 우리는 헤어지기 아쉬운 연인이 되어 갔다.

그 시절 내가 아내에게 보낸 문자와 아내가 내게 보낸 문자를 적어 놓은 노트가 몇 권 되는데, 그때 우리의 접속이 얼마나 빈번하고 뜨거

잊을 수 없는 날이다.
아내가 먼저 내게 고백을 했다.
"좋아해."

웠는지를 알 수 있다.

얼마 전 아내가 그 시절 글을 다시 읽으며 깔깔대고 웃었다.

아내가 웃을 수 있는 추억이 있다는 것이, 그 웃는 모습을 바라볼 수 있다는 사실이 참 행복하다.

추억을 공유한다는 것은 세월을 함께했다는 것이고, 그 시간만큼 단단한 유대감이 생긴 것이다. 더구나 그 추억이 사랑이라면, 곱씹을 수록 달콤할 수밖에 없다.

왜 나는 너를
사랑하는가?

,

알랭 드 보통의 《왜 나는 너를 사랑하는가?》라는 책에 인상적인 대목이 있다.

"사랑에 빠지는 순간 나는 누구인가가 중요하지 않고 다만 나는 상대에게 누구인가가 더 중요해진다."

사랑하는 사람에게 나는 어떤 존재인가에 초점이 맞춰진다는 것이다. 아니, 어쩌면 나를 잊고 사랑하는 사람에게만 온통 집중하는 것인지도 모른다.

아내와 결혼 전 열차를 타고 눈꽃 여행을 간 적이 있다. 그런데 그날 내가 무엇을 했는지는 기억나는 게 별로 없다. 그녀의 모습만 모노드라마처럼 떠오른다.

눈꽃열차에서 날 보며 환하게 웃던 얼굴, 얼음조각상 안에 들어가서 신기해하며 좋아하던 모습, 큰 개가 끄는 썰매를 타고 소리치며 좋아하던 모습, 커피를 좋아하는 그녀가 눈 내리는 그곳에서 커피를 호호 불며 마시던 모습. 온통 그녀의 기억뿐이다.

많은 것을 보고, 많은 것을 느꼈을 텐데, 기억나는 게 그녀뿐이라니. 그녀의 모습만 내 눈에 담느라 아마도 다른 것은 아무런 의미가 없었던 모양이다.

그 여행이 무척이나 좋아서였을까, 결혼 전 아내와 약속한 게 있다.

"1년에 한 번씩 여행하자."

발병한 뒤에는 그 약속이 더 특별할 수밖에 없었다.

'앞으로 몇 번이나 더 함께 갈 수 있을까.'

그래서 아내와의 여행은 늘 생의 마지막 축제처럼 애틋하다.

2014년 봄, 아내와 제주도 여행을 계획했다.

여행을 앞두고, 마음이 설레었다. 결혼 전 무박 2일 여행도 불현듯 떠올랐다. 당시 얼마나 가슴이 뛰고 설레었던지 밤잠을 설쳤고, 밤 10시 기차를 놓치지 않기 위해 시계를 수차례 확인했다. 힘들게 지금의 장모님에게 허락을 받은 터라 약속을 지키기 위해서였다.

서로 얼굴만 보아도 좋은 시절이었다. 기차를 타고 가다 터널이 나올 때마다 입맞춤을 하고 눈이 마주치면 비밀을 공유한 즐거움으로 낄낄거렸다.

지금은 그때와 같은 설렘은 없지만 내 손을 꼭 잡은 아내의 얼굴에는 여전히 웃음이 가득하다.

여행 내내 수다를 떨고, 함께 밥을 먹고, 멋진 풍경이 나오면 사진을 찍는 평범한 순간순간이 더없이 편안하다. 피 끓는 청춘 때와는 또 다른 즐거움이다.

제주도에서 아내가 꼭 가고 싶다던 문어라면 가게에 갔다. 유명한 맛집이라고 소문이 나서인지 대기자가 21명이나 있었다.

"기다릴 수 있어? 힘들면 그냥 가도 돼!"

아내가 물었다.

"아니, 기다리지, 뭐. 지금 아니면 언제 또 와서 먹겠어. 기다리자."

가게 앞에 펼쳐진 바다를 보면서 아내는 사진놀이를 시작했다. 셀카를 찍고, 함께 찍고, 나만 찍어 주고, 풍경도 찍다가 심심해지자 21번 대기번호표까지 찍었다.

아내는 무엇이 그리 즐거운지 미소가 얼굴에서 떠나지를 않았다.

드디어 우리 차례가 되어 내가 라면을 받아 오는 모습을 찍었다. 물론 문어 없는 라면도 찍었다.

"맛있다!"

'앞으로 몇 번이나 더 함께 갈 수 있을까.'
그래서 아내와의 여행은 늘 생의 마지막 축제처럼 애틋하다.

언제부터인지 아내와 먹는 건 무엇이든 맛이 있었다.

생각해 보면 아내와 소곤소곤 이야기하면서 먹는 음식이라 더 맛이 있는 게 아닌가 싶다. 어느 유명한 요리사가 이런 말을 했다고 한다.

"음식의 맛은 어떤 재료로 맛을 내는지 어떤 장식을 하는가보다 누구와 함께 먹는가가 맛을 결정한다."

아내는 미소로 특별한 소스를 만들고, 활기찬 이야기로 레시피를 완성한다.

누구와 함께 먹는지가 중요하다는 말, 아내와 함께 먹는 라면 맛을 더 찡하게 한다.

슈퍼맨이라 불린
사나이

,

2013년 3월이 되자 몸은 뼈가 보일 정도로 말라 가고 머리카락도 거의 다 빠졌다.

걷기도 힘들 정도가 되어 병원에 다시 입원했을 때 병원에서는 또 한 번 시한부 선고를 했다.

"한 7일 정도 살 수 있을 겁니다."

아픈 환자인 나 대신 보호자인 아내가 이 말을 들었다.

난 바보처럼 그것도 모르고 입원 후부터 계속 붉게 물든 아내의 눈을 바라보며 나 때문에 잠을 잘 못 잔 탓이라고 단순히 생각했다.

배는 아이를 가진 임신부처럼 만삭이 되어 갔다. 어느덧 암이 나의 배를 다 채워 갔고 서서히 등 뒤도 암 덩어리가 밀려 부풀어 오르기 시작한 것이다.

7일 정도 살 거라고 했는데, 병원에서 15일을 지냈다.

병원에서는 아내에게 이렇게 말했다.

"지금까지 버틴 건 기적이에요. 하지만 한 달을 넘기긴 어려울 겁니다. 이제 그만 퇴원해서 집에서 쉬시는 게 좋을 거 같아요."

병원에서는 더 이상 해줄 것이 없다는 말이다.

난 그런 것도 모르고 퇴원이라는 말에 어린아이처럼 좋아했다. 아내는 애써 웃었다.

퇴원했다는 단순한 행복감에 콧노래를 흥얼거릴 때, 아내가 무엇을 하고 싶으냐고 물었다.

"당신에게 멋진 빵 가게 하나 차려 주고 싶어."

"그런 거 말고. 자기를 위해서 하고 싶은 거 없어?"

"당신을 위한 게 나를 위한 거지."

아내는 더 이상 참지 못하고 눈물을 흘렸다.

"왜 울어. 병원에서 이제 괜찮다고 퇴원하라고 했는데."

"오빠가 고마워서……."

퇴원하고 한 달이 거의 되었을 때 갑자기 어지러웠다. 다시 구급차를 타고 도착한 서울아산병원 응급실.

어느새 주사바늘이 나의 팔에 수혈을 해주고 있었다. 온몸이 한기

아내가 만든 크리스마스트리 케이크

"당신에게 멋진 빵 가게 하나 차려 주고 싶어."
"그런 거 말고. 자기를 위해서 하고 싶은 거 없어?"
"당신을 위한 게 나를 위한 거지."

로 떨렸다. 말을 이을 수가 없을 정도였다.

각종 검사를 한 뒤 의사가 아내를 불러냈다. 내 상태를 이야기하는 모양이었다.

몇 분 후 아내는 응급실 커튼 안으로 들어와 아무 말 없이 나에게 입을 맞추었다. 아내의 입술에서 짠 소금 맛이 났다.

창백해진 아내의 얼굴과 붉어진 눈과 눈물을 보면서 순간 '아, 이제 마지막이구나. 정말 아내를 두고 가는구나' 하는 생각이 들었다

아내는 침착하려 애쓰며 지금 상황을 설명해 주었다.

"나 오늘 죽는 건가?"

"응, 어쩌면 오늘……"

아내는 더 이상 말을 잇지 못했다. 그러면서 더 말할 수 없는 슬픔을 막으려는 듯 다시 내 입술에 입을 맞추었다.

그 순간 죽음에 대한 두려움보다 아내에 대한 사랑만이 가득했다. 나의 싸늘한 두려움을 덜어 주는 유일한 온기였다.

이후 난 수술실에 들어갔고, 눈을 떴을 때 아내의 아름답던 얼굴은 불과 몇 시간 사이에 너무나 초췌해져 있었다.

그래도 죽을 거라던 수술에서 살아났다. 덕분에 병원에서는 나를 '기적의 사나이'라고 불렀다. 의사들은 의지력으로 살았다면서 나를 보면 엄지손가락을 치켜 올렸다. 주치의가 아닌 의사들도 내 병실에 들

러 안부를 물으며 말했다.

"슈퍼맨인 거 아시죠?"

그들에게 감사하다는 인사를 하며 생각했다.

'그래, 진짜 슈퍼맨처럼 이대로 병을 완전히 이겨내면 얼마나 좋을까.'

혼자인
여행은 없다

,

2006년 혼자만의 여행을 하겠다고 길을 나섰다. 아내와 함께하는 것도 좋지만, 아내는 내 걱정을 하느라 여행을 떠나서도 제대로 즐기지 못한다.

혼자 가는 여행은 어쩌면 아내를 쉬게 하고 싶다는 마음이기도 하다.

그런데 막상 떠나 보면 혼자만의 여행이란 없다는 생각이 든다. 걷다 보면 동네 주민들을 만나 이런저런 이야기를 하면서 너스레를 떨고 물 한 잔, 밥 한 공기를 얻어먹고 자리를 털고 일어난다.

얻어먹는 음식, 그게 어디 혀로만 느끼는 맛이겠는가. 마음으로 느끼는 누룽지 같은 고소한 맛이다.

지리산 둘레길을 걷기 전날 주천면이란 마을에서 하루 유숙하고 가려고 동네 이장님 전화번호 하나 달랑 들고 마을로 들어갔다.

어두워진 마을 입구에서 이장님에게 전화를 걸었다. 10분쯤 지나자 마을 안쪽에서 불을 밝히면서 차 한 대가 다가왔다.

이장님은 나를 보자마자 불쑥 "혼자여?"라고 물었다.

"네, 혼자 여행 왔습니다."

"잘 곳을 찾는다고? 밥은 먹었나?"

"아니오. 아직 안 먹었는데요."

그때 차 안에서 여자 목소리가 들렸다.

"얼른 차 안 타고 뭐해요. 더 늦기 전에 가자고요."

"알았어. 성질머리는……."

"어여 차에 타시게."

어디를 가는지, 왜 가는지도 모른 채 차에 타라는 이장님의 말씀대로 일단 차에 탔다. 차 안에는 머리가 허연 할머니 한 분이 계셨다.

인사를 드린 후 지금 어디 가시는 거냐고 묻기도 전에 선수를 빼앗겼다.

"밥은 먹었나?"

할머니께서 물어왔다.

"아직 안 먹었는데요. 그런데 어딜 가시는 거죠?"

"잘 곳에 가는 거여. 배고프겠네. 어여 갑시다."

창밖엔 부슬부슬 비가 내리고 있었다.

"어디서 온 거여? 서울?"

"네, 이장님. 서울에서 왔습니다."

"오늘 밤부터 비 온다고 하던데 산은 타겠어?"

이장님은 걱정스런 목소리로 말했다.

"저는 산이 아니라 둘레길을 걸어 보려고요."

"둘레길도 산으로 가는 길이여. 비 많이 오면 오늘 밤은 그냥 자게. 내일 내가 차로 역까지 태워 줄 수 있으니깐 무리하지 말고. 편하게 밥 먹고 좀 쉬라고."

"네, 감사합니다, 이장님."

산기슭에 있는 산장이었다. 할머니는 작은 방으로 나를 안내해 주었고, 부엌에 들어가서 저녁 식사를 준비하시는 듯했다.

씻고 나오자 밥상이 기다리고 있었다. 밥을 다 먹자 할머니가 누룽지 끓인 물을 가져다 주셨고, 자리끼와 심심할 때 먹으라고 매실청까지 챙겨 주셨다.

할머니와 이장님은 내 방문을 열어 보고 또 당부를 하셨다.

"어여 자게. 낼 비 오면 전화하고. 데리러 올 테니."

그날 밤 엄청난 비가 퍼부었다. 천둥소리와 바람소리도 거셌다. 방이 족히 5개 정도는 될 것 같은 이 산장에 나뿐이라니 괜히 무섭기도

했다. 내일 여행에 대한 걱정과 혼자라는 무서움에 떨면서도 잠이 들었다.

　아침비가 부슬부슬 내렸다. 난 여행을 할 때 별다른 준비를 하지 않는 편이다. 우비도 없고 비상용으로 싸온 옷 한 벌과 일반적인 등산용 장비가 전부였다. 둘레길 역시 역에서 받은 지도만 챙겼다. 가다 보면 길이 나오겠지 하는 생각에서다.
　'세상의 길이 언제부터 길이었단 말인가. 내가 걸으면 그곳이 길이 되겠지.'
　이런 생각으로 방문을 열고 나오다 깜짝 놀라고 말았다. 이른 아침에 할머니가 산장 앞에 서 계셨다.
　황급히 인사를 하며 말했다.
　"이렇게 일찍 어쩐 일로 오셨어요?"
　"총각 밥 주려고 왔지. 밥 먹게."
　총각은 아니지만 감사하다는 인사를 하고 밥을 먹었다.
　이른 아침인데도 밥이 꿀맛이다. 다 먹을 쯤 돼서 할머니는 나중에 배고프면 먹으라고 누룽지와 검은 콩을 건네주셨다. 거절도 못하고 또 한 번 감사하다는 인사와 함께 손을 흔들며 나왔다.
　드릴 게 없다는 생각에 마음이 조금 불편했는데 생각해 보니 기차

그래서 길을 걸을 때면 상상하게 된다.
'이번엔 또 어떤 사람을 만나
또 어떤 배움을 얻게 될까?'

안에서 젊은 여자들이 준 초콜릿이 생각났다. 주머니에서 초콜릿을 꺼내 할머니 손에 쥐어 드렸다.

할머니는 마치 친자식을 배웅하듯이 내가 안 보일 때까지 손을 흔들어 주셨다.

역에서 준 지도를 보고 둘레길을 걷자니 막막했다. 멀리서 트랙터를 운전하던 아저씨에게 달려가 여쭤 보았다. 아저씨는 트랙터에서 내려오더니 손가락으로 이리저리 길을 가리키며 친절하게 설명해 주셨다.

알려주신 길로 반 정도 올라갔을까, 저 아래에서 아까 그 아저씨가 소리치는 소리가 들렸다. 내가 방향을 잘못 잡은 걸 알고 손으로 오른쪽을 가리켰다. 나 역시 손으로 그 방향을 가리키자, 아저씨가 고개를 끄덕였다.

내가 가는 방향까지 유심히 보고 있다가 잘못 올라온 길을 다시 알려준 것이다. 멀어서 보일지 모르겠지만 아저씨에게 손을 흔들고 머리 숙여 감사 인사를 했다.

날씨 때문인지 그날 지리산 둘레길은 인적이 없어 적막했다. 그때 큰 나뭇가지인가 싶었던 검은 그림자가 움직이는 것이 보였다. 긴장된 마음으로 다가가자 한 어르신이 소리쳤다.

"놀래라, 누구여?"

"둘레길 걷는 사람입니다."

그제야 어르신이 안개 속에서 걸어 나오셨다.

"짐승인 줄 알았지 뭐야. 십년감수했네."

인적 없는 곳에서 호랑이보다 사람이 더 무섭다는 말이 맞는 것 같았다. 어르신의 손에는 크고 토실토실한 버섯 한보따리가 들려 있었다.

"버섯 따서 내려오는 길이야. 손자들이 오면 먹이려고 새벽부터 올라왔지."

그러면서 어르신은 보따리에서 가장 큰 송이 두 개를 꺼내 내게 건네주었다. 손사래를 치면서 거절했지만 어느덧 내 손에는 송이버섯이 들려 있었다.

"그거 고기 송이여. 잘 먹고 힘내서 다니시게."

내가 감사 인사도 제대로 하기 전에 어르신은 안개 속으로 사라졌다. 뒤통수에나마 들을 수 있게 큰 소리로 "감사합니다, 어르신" 하고 인사를 던졌다.

여행에서 가장 기억에 남는 것은 역시 사람이다. 혼자 여행을 떠나도 이렇게 마음에 여운을 남기는 사람을 만나게 되기 때문이다.

물론 그 만남이 늘 좋을 수는 없다. 그래도 만나고 보면 좋은 만남이건 나쁜 만남이건 어떤 형태로든 배움과 깨달음을 준다는 걸 알게 된다.

그래서 길을 걸을 때면 상상하게 된다.

'이번엔 또 어떤 사람을 만나 또 어떤 배움을 얻게 될까?'

사랑싸움
그 후

,

지리산 둘레길은 지리산과 마을을 잘 연결해 주는 코스다. 그래서 자주 마을로 여행자의 발을 이끈다.

언제부터인지 내 앞에 지나가던 젊은 부부와 앞서거니 뒤서거니 하며 걸었다. 신발 끈을 매다 보면 그들 부부가 앞서가고, 그들 부부가 마을회관 나무 밑에서 쉴 때면 내가 앞서갔다.

그렇게 걷다 내가 어느 마을 큰 나무 밑에서 배낭에 비스듬히 누워 안개 속에서 만난 어르신이 주신 버섯을 먹는데, 그 부부가 다가오더니 남자가 말했다.

"여기 같이 앉아도 될까요?"

"앉으세요. 저도 주인은 아닙니다."

부부가 내 말에 웃었다.

나는 버섯 한 개를 부부에게 권했다. 산에 대해 아무것도 모르는 놈이 딴 독버섯인가 봐 이른 아침 '버섯 어르신'을 만난 이야기를 들려드리면서 "참 달달하고 고기 씹는 맛이 나네요"라는 양념말까지 덧붙였다.

그러자 남자가 배낭에서 작은 물통을 꺼내더니 약초 물이라면서 주었다. 오면 가고 가면 오는 게 여행의 인심인가 보다.

젊은 부부는 청주에서 왔다고 한다. 두건을 쓴 부인의 혈색을 보니 한눈에 암환자라는 사실을 알 수 있었다.

평상에 누워 나뭇잎 사이로 들어오는 햇살을 보면서 나도 모르게 "좋다. 참 좋다"라는 말을 염불처럼 하고 있었나 보다. 부인이 내 말에 "정말 좋지요!"라고 받는다.

무슨 팔불출도 아니고 갑자기 나도 모르게 말이 튀어나왔다.

"아내랑 같이 와야 했는데, 아쉽네요."

"혼자 오셨군요?"

남자가 말했다.

"네."

그들도 나처럼 아무 말 없이 어느덧 평상에 비스듬히 배낭을 베고 누웠다.

몇 분이 흘렀을까, 남자가 일어나며 인사를 건넨다.

"저희 먼저 가야겠습니다. 즐거운 둘레길 되세요."

예의상 일어나 인사를 하고 다시 누웠다. 오기 전날 별일도 아닌 걸고 부부싸움을 했던 게 생각났다. 마음이 심란해서인지 여행을 가고 싶어서인지 아내가 외출했을 때 아무 말 없이 나와 버렸다.

이때 문자가 왔다. 아내였다.

'어디야?'

질문이 짧다. 나 역시 싸운 뒤끝이라 자존심 때문에 더 짧은 문자를 보냈다.

'밖!'

아내에게서 다시 문자가 왔다.

'밖 어디인데?'

'밖이 밖이지!'

10분이 지나 아내가 다시 문자를 보내 왔다.

'남원은 왜 갔냐고 묻는 거야. 바보야.'

깜짝 놀랐다. 어떻게 알았지?

'스토커냐?'

'응.'

아내의 대답에 피식 웃음이 났다.

그런데 정말 어떻게 알았을까? 곰곰이 생각하다 한참 후에야 답을 찾았다. 신용카드였다. 신용카드 내역을 보고 내가 남원에 있는 것을 안 것이다.

'여우 같으니'라고 혼자 생각하고 있을 때 문자가 왔다.

'궁금하냐? 바보야.'

'전혀.'

사실 문자에 '바보야'라는 말이 찍혀 올 때 알았다. 이미 아내의 화가 다 풀렸다는 사실을.

거의 도착지가 보일 때쯤 그 부부를 또 만났다. 인사를 하고 이제 도착지가 멀지 않았다는 말을 건넸다. 남자가 맛집을 아냐고 물어서 넉살도 좋게 "우리가 먹으면 맛집이죠"라고 했다.

부부는 나를 보면서 웃더니 같이 식사를 하자고 제안한다. 거절하지 않고 바로 옆에 있는 국밥집으로 들어갔다.

밥을 먹으면서 이런저런 이야기 끝에 혼자 온 이유와 아내와 싸운 이야기를 했다.

남자는 자기들도 여기 오기 전에 싸웠다고 한다. 배낭을 하나로 갈 건지, 두 개로 나눠서 갈 건지를 두고 논쟁하다 결국 싸움으로 번졌다는 것이다.

남의 집 부부싸움 이야기라 자세히 물어보지는 않았지만 이건 백퍼센트 사랑싸움이다. 분명 남편은 무겁지만 아내를 위해 배낭을 하나로 본인이 지고 가려 했을 것이고, 아내는 그런 남편에게 도움을 주려고 두 개의 배낭으로 각각 메고 가자고 했을 것이다.

부인은 밥 한 그릇을 다 비웠다. 그런 아내를 보던 남자가 담배를 피우러 나가는 듯해서 따라 나갔다.

남자가 내게 담배를 권하길래 "저 암환자입니다"라고 했더니 놀란 얼굴로 잠시 나를 쳐다본다. 그러더니 입에 문 담배를 담뱃갑 안에 밀어 넣었다. 나에 대한 배려다.

"전혀 그렇게 안 보이시는데요."

아픈 아내 때문인지 남자는 이것저것을 물었다. 어디에 암이 생겼는지, 얼마나 되었는지, 암환자인데도 어떻게 이렇게 건강해 보이는지 등등 거침없이 말이다.

보통 나는 처음 보는 사람에게 암환자라고 말하지 않는 편인데, 동병상련 때문인지 이야기가 술술 나왔다.

내가 가진 희귀암에 대해 설명한 다음, 지금도 항암제를 먹으면서 일하고 있다고, 만약 내가 건강해 보인다면 그것은 희망이 있기 때문이라고, 그러기에 더 건강하고 더 행복하게 지낼 수 있다는 격려의 말도 함께 건넸다. 그리고 노파심에 당부의 말까지 했다.

"아내가 불쌍해서 슬픔에 젖은 눈으로 바라보면 환자는 더 큰 고통을 느낍니다. 환자는 내가 사랑하는 사람을 슬프게 하는 원인이구나, 생각하면서 자신을 미워하게 됩니다. 그러니 그냥 사랑하는 마음으로 봐주세요."

"어떻게 바라봐야 사랑스러운 눈빛인가요?"

나는 환하게 웃으며 대답했다.

"신혼 때 찍은 사진을 하루에 딱 세 번만 보고 아내를 바라보면 됩니다. 그리고 담배를 피우지 않는 것이 더 멋진 남편이 될 확률이 높을 것 같네요."

이야기를 다 하고 들어가자 부인이 일어났다. 남자와 나는 서로 고맙다는 인사를 하고 연락처를 주고받았다.

일주일이 지났을 때, 그 남자에게 전화가 왔다. 집안에 신혼 사진으로 도배를 했다는 행복한 거짓말과 고맙다는 말도 했다. 또 아내에게 내 이야기를 하면서 미안하다고 사과를 했다고 한다. 그리고 그날 서로를 부둥켜안고 많이 울었다고 한다. 마지막으로 그는 아내가 행복해한다며 나머지 항암 치료도 잘 받았다는 소식도 건네주었다. 그러면서 청주에 오면 꼭 자기 집에 들르라는 요청도 잊지 않았다.

아픈 사람과 그 가족들과는 끈끈한 유대감 같은 게 있다. 처음 만난 사람일지라도 환자라는 것 때문에 순식간에 돈독한 정이 생긴다.

그 사람의 건강이 안 좋아졌다고 하면 내 일처럼 가슴 아프고, 또 회복되었다고 하면 내 일처럼 기쁘다. 그러면서 나도 언젠가 나을 수 있다는 희망을 갖게 된다.

그 부인이 항암 치료를 잘 받고 컨디션도 괜찮다는 이야기를 들으니, 또 하나의 희망을 선물받은 것처럼 기뻤다.

어머니의
청국장

,

배우자가 죽으면 '미망인' 또는 '홀아비'라 하고, 부모가 돌아가시면 '고아'라고 한다. 그런데 자식이 죽으면 해당하는 단어가 없다고 한다. 너무나 큰 슬픔이기에 신조차도 언어로 표현할 수 있는 단어를 만들 수 없었기 때문이란다.

장애아나 아픈 자식을 둔 부모와 이야기하다 보면 늘 이렇게 말한다.

"자식보다 하루만 더 살고 싶다."

나 역시 그렇다. 우리 부모님보다 하루만 더 살고 싶다.

어머니는 몸이 불편하신데도 병자에게 기도 효험이 있다는 말만 들으시면 이 산 저 산에 있는 절을 찾아가신다.

기도는 오직 한 가지다. 이 못난 아들의 '암'을 당신이 가져가겠다는 바보 같은 소원을 부처님께 빌고 또 빈다.

어느 날 어머니가 암 환자에게 좋다며 청국장을 가져오셨다. 청국장을 만들기 위해 된장을 몇날 며칠 이불에 돌돌 말아 당신의 품에 안고 잠을 청하셨다고 한다.

"사 먹으면 되는데, 뭐 하러 이러셨어요."

"이거 먹고 어여 나아라, 우리 아들."

어머니의 정성에 목이 메었다. 무어라 더 말을 하면 눈물이 나올 것 같아 말을 삼키고 말았다.

눈물과 정성으로 띄운 어머니의 청국장. 어머니는 음식을 잘 만드시는 분이었다. 그리고 그 음식을 나눠 먹기를 좋아하셨다.

어릴 때 어머니가 곰탕을 끓이면 그 냄새가 퍼지는 구역 안에 있는 사람들을 다 먹이시곤 했다. 그런 어머니를 좀 닮았는지 어린 시절 나도 굶주린 이들을 집에 데려다 밥을 먹이곤 했던 기억이 난다.

이제는 내가 연로하신 부모님께 효도를 할 나이인데, 어머니가 병든 자식을 위해 수고하게 만드는 불효자가 되고 말았다.

어버이날 드릴 카네이션 한 송이를 보면서, 이 카네이션을 가슴에 된장처럼 품고 청국장을 띄워 다시 꽃으로 피우고 싶다는 생각을 해본다.

기도는 오직 한 가지다.
이 못난 아들의 '암'을 당신이 가져가겠다는
바보 같은 소원을 부처님께 빌고 또 빈다.

'어머니, 내년에 다시 어버이날이 돌아오면, 꼭 카네이션을 달아 드
릴게요.'

갈 수 있을지 모를 '내년'이라는 말이, 참 저리다.

부부가 함께
나이 먹는다는 것

,

가끔 아내의 쫑알거리는 소리가 노래처럼 들릴 때가 있다. 그냥 웃음이 나온다. 말의 의미 때문에 웃는 것이 아니라 그 쫑알거림이 웃기기 때문이다. 예전 어느 라디오 방송에서 독자가 보낸 글을 DJ가 읽어 준 적이 있다.

한 청년이 실연의 아픔을 안고 기차에 올라 강원도를 가는데 맞은편 좌석에 연세 드신 노부부가 앉아 계셨다.

청년은 건너편 좌석에서 두 손을 꼭 잡고 오손도손 이야기하는 젊은 커플이 나누는 소리를 듣다가 할아버지께 질문을 했다.

"할아버지, 어떤 여자가 좋은 여자인가요?"

"음, 목소리가 예쁜 여자가 좋은 여자여."

"나이 먹으면 얼굴 보는 시간이 점점 줄어들어. 그래서 목소리가 예쁜 여자랑 살아야 해."

전혀 예상 밖의 답변이었다.

"할아버지, 왜요?"

청년의 물음에 할아버지는 이렇게 대답했다.

"나이 먹으면 얼굴 보는 시간이 점점 줄어들어. 그래서 목소리가 예쁜 여자랑 살아야 해. 외모는 점점 무말랭이가 되어 가지만 목소리는 점점 친근해지고 고와지지."

당시 라디오를 들을 때는 전혀 가슴에 와 닿지 않았다.

그러나 결혼을 하고 생활을 하다 보니 특별한 날이 아니면 부부가 서로의 얼굴을 보고 이야기하는 시간이 줄어든다는 것을 알았다.

우리 부부야 가끔 집 밖에서 밥도 함께 먹고 차도 마시면서 얼굴 보며 이야기하지만, 그래도 예전보다 점점 이런 시간이 줄어드는 것은 사실이다.

요즘 아내의 목소리 덕에 내가 생기를 얻고 힘을 얻는다는 생각이 든다. 텔레비전에서 무슨 재미있는 장면을 봤는지 아내의 웃음소리가 내가 있는 작은 방까지 넘어 들어올 때, 어느새 나도 그 웃음소리에 전염되어 얼굴에 미소가 절로 떠오른다.

"그래도 당신은
행복한 사람입니다"

,

2013년 4월 대수술 후 몸을 잘 관리했다고 생각했다. 그런데 연말쯤 횡경막과 간에 6센티미터 정도 암이 생겼다고 한다. 그리고 주치의는 다시 수술을 말했다.

차 안에서 아내와 아무 말 없이 시골집에 도착했다.

잠을 자려고 눈을 감았지만 피곤함과 통증 때문에 뒤척이는 나를 아내가 쓰다듬어 주며 말했다.

"괜찮아, 신랑. 힘내자, 알았지?"

그 말을 듣자 참고 있던 눈물이 폭포수처럼 흘러내리기 시작했다.

그동안 하지 못했던 말을 나도 모르게 쏟아내고 말았다.

"힘들어, 너무 힘들어."

이젠 건강하게 살고 싶다는 생각도 없다. 그냥 사는 날까지 통증 없이 지내고 싶을 뿐이다.

이 소망이 신이 느끼기에 과도한 욕심인가?

점점 숨을 쉬기가 힘들어진다.

결국 또다시 수술 후 중환자실에 7일 정도 누워 있다가 일반병실로 옮겼다. 몸무게 43킬로그램, 다발성 신경염으로 온몸에 마비가 오고

특히 왼쪽 다리를 사용할 수 없는 상태였다. 코에는 산소튜브를 끼우고 2인 병실로 옮겨 왔다.

병실에 누워 하루하루 통증과 싸우고 있었다. 내 힘으로 할 수 있는 것은 하나도 없었다. 산소튜브를 빼면 호흡마저 헐떡거렸다.

어느 날 내 옆 침대에 누워 있던 분이 퇴원을 하게 되었다. 그분이 나가면서 내 손을 꼭 잡으며 말했다.

"성환 씨, 많이 아픈 사람이라는 얘기 들어서 알아요. 그래도 당신은 행복한 사람입니다. 수술이라도 할 수 있잖아요. 나는 수술도 못하고 오늘 퇴원하네요. 내 몫까지 건강하게 살아주세요."

순간 아무 말도 할 수 없었다. 뜨거운 눈물만 흘렸다.

그날 아내가 잠시 자리를 비운 틈을 타서 이를 악물고 온 힘을 다해 움직일 수 있는 오른쪽 다리와 왼팔로 지탱해서 입원 후 처음으로 침대에 앉았다. 마침 병실로 들어오던 아내가 놀랐는지 한참을 쳐다봤다.

만약 그분이 아직 살아계시다면 아무 말도 못했던 그날로 돌아가 이야기하고 싶다.

"희망을 잃지 마세요. 그리고 그날 제 손을 잡아 주셔서 정말 감사했습니다."

장모님의
주름골

,

오늘 장모님의 생신이다. 늘 뵐 때마다 무언의 아픔이 가슴에 맺힌다.
당신의 귀한 딸을 나에게 주시고 얼마나 노심초사하실까 해서다.

오늘도 효도 같지 않은 효도를 하겠다고 차려 주신 밥상을 받아 맛
있게 먹고, 아내가 만든 케이크의 촛불을 끄면서 웃는 얼굴을 보여 드
렸다.

장모님의 얼굴에 주름골이 깊어질 때마다 내 마음의 골도 깊어진다.

지나가는 말로 아내에게 떡이 먹고 싶다고 하면 마술사처럼 장모님
은 떡을 만들어 오시고, 늦은 여름이면 뜨거운 불가마에서 내가 좋아
하는 옥수수를 쪄서 보내 주신다.

다리와 허리가 아프신데도 내가 수술할 때면 꼭 병실을 찾아와 손

을 잡아 주셨다.

　대수술을 앞두고 장모님이 내 손을 잡으며 해주신 짧은 말씀이 있다.

　"용기를 잃지 말게, 착한 사위."

　그 말을 들으며 내가 먼저 울고 말았다.

　내 인생이 곱고 순탄하지 못해서 고운 인생의 골을 만들어 드리지
못하는 것이 안타깝다.

　남은 시간 이 마음을 어떻게 보답해야 할까?

슬픔 속에서도
생명은 태어난다

,

밤새 소가 울고 또 울었다. 늦은 밤 문을 열고 멀리 쳐다보니 작고 흐린 불빛이 왔다갔다했다.

그리고 며칠이 지나서 그 소가 울던 외양간을 지나가는데 태어난 지 얼마 안 되어 보이는 송아지가 철조망 사이로 그 큰 눈을 빛내며 나를 바라보고 있었다.

새로운 생명이 탄생한 것이다!

그동안 마음속에 무거운 소금덩어리를 품고 슬퍼하며 지냈는데 나도 모르게 녀석을 보자 미소가 흘러나왔다.

전쟁의 포화 속 들판에도 새싹이 자라 희망을 주듯이 이 힘든 시기에도 새 생명이 나에게 희망을 준다.

그 녀석 가까이 다가가 주인도 아닌 내가 이름을 붙여 주었다.
"희망아!"
슬픔 속에서도 생명은 태어나고 또 자란다.

,

2
· · · ·

다정하게
오늘을 위로하는 것

부추꽃에서
셈하지 않는 법을 배우다

,

아침에 문을 열면 나비들이 집 앞을 서성이고 있는 걸 본다. 집 앞에 있는 부추꽃 때문이다.

　어느 날은 부추를 따다 된장국이나 부침을 해먹으려다가 부추꽃이 피어 오른 녀석들은 그냥 온전히 나비들 몫으로 남겨 두었다. 그 덕에 나는 나비와 꽃이 어울리는 풍경을 지켜보는 행복을 선물받게 되었다.

　자연과 셈하지 않는 모습으로 살아가고, 사람과 사람 사이에도 셈하지 않는 모습으로 살아가면, 셈으로 따질 수 없는 큰 선물을 가슴 가득 얻게 된다.

　서울에서 내려오신 윗집 할아버지는 아랫집 팔십대 노부부의 농사를 도와준다.

오늘도 큰 지게를 지고 산으로 올라가는 윗집 할아버지를 발견했다.

팔십 먹은 노부부가 따뜻하게 잘 수 있도록 나무를 하러 가시는 중이다. 혹시 친척이라서 돌보는 건가 싶어 여쭤 봤더니 아니라고 하셨다.

"그냥 도와주는 거야. 이웃이니깐."

별다른 이유 없이 돕는 마음, 내 일 네 일 따지지 않고 필요하다 싶으면 마음을 내는 것이 특별하게 다가왔다.

노부부가 서울 나들이를 가시고, 오후쯤 되었을 때 주방 창문으로 부스럭 부스럭 소리가 들려 내다보니 아랫집 여든세 살 할머니께서 서울 할아버지 땅에서 뭔가를 캐고 계셨다.

그날 나는 한수 배웠다.

셈하지 않고 베풀고 나누는 것이

우리 삶을 얼마나 풍요롭게 하는지를……

"할머니, 뭐하세요?"

"어, 잡초 뽑아. 잡초가 이 집은 너무 많아. 이러면 요놈들이 잘 안 자라."

서울 할아버지 댁 텃밭에 채소가 잘 자라지 않을까 봐 잡초를 맨손으로 뽑고 계셨던 것이다.

"손 아프지 않으세요?"

"이런 일은 사람 없을 때 해야 해. 안 그러면 번잡스러워."

내가 다가가 도와드리려고 하자 역정을 내셨다.

"아픈 사람이 무슨 일이야. 어여 들어가, 다 했어. 나도 이제 들어갈 거야."

그제야 일어나 허리를 펴셨다.

어쩔 도리 없이 집에 있는 음료수를 가져다 드리고 집으로 들어와서 책을 읽었다.

한참 뒤에 창문을 보니 할머니는 아직도 일을 하고 계셨다.

그날 나는 한수 배웠다. 셈하지 않고 베풀고 나누는 것이 우리 삶을 얼마나 풍요롭게 하는지를……

예쁜
시골집

,

2013년 5월 퇴원 후 통원 치료를 위해 병원과 가까운 부모님 집에 머물고 있었다.

그동안 아내는 다리품을 팔면서 여기저기 우리가 살 집을 알아보고 다녔다. 여러 가지 조건을 고려해 시골 어디쯤에 적당한 거처가 있다는 얘기를 들으면 일단 내려갔고, 밤늦게 돌아온 아내는 늘 녹초가 되어 있었다.

한여름 무더위 속에서 종일 대한민국 구석구석을 다니며 집을 알아보랴, 운전하랴, 사람들과 협상하랴 얼마나 힘들었을지 짐작이 갔다.

그러다가 지금 살고 있는 강원도 횡성에 있는 시골집을 보게 되었다. 아내의 친구가 소개한 곳인데, 빈집이었다.

아내가 사진 촬영과 동영상으로 집을 보여 주었는데 할 말을 잊게 할 정도였다. 온 방에 검은 곰팡이가 잔뜩 끼어 있었고, 사진만 봐도 욕실에서 악취가 날 것 같았다. 사람이 안 산 지 3년이 지났다고 한다.

이런 집에서 사랑하는 아내와 살 수 있을까? 참으로 암담했다.

아내는 나를 설득했다.

"빈집이니까 당장 들어갈 수도 있고, 내부 인테리어와 지붕만 바꿔서 살면 괜찮을 것 같아."

늘 누워 있는 내가 어찌 거절하겠는가.

그날 이후부터 아내는 횡성과 부모님 댁을 오가며 온몸에 땀 냄새와 페인트 냄새를 가득 안고 늦은 밤이나 새벽에 들어왔다.

나는 아프다는 이유로 힘든 일을 모두 아내에게 부담시켰다는 사실에 마음 아팠다.

어느 날 아내가 도저히 힘들어서 집에 못 오겠다고 원주 시내 호텔에서 자고 오겠다고 연락했다.

그리고 이틀이 지났다. 도저히 그대로 있으면 안 될 것 같아 일어나 원주로 내려갔다. 아내의 모습을 보자 말을 할 수가 없었다.

그동안 아내가 얼마나 고생했을지, 얼마나 힘들게 일했을지 보지 않아도 알 것 같았다.

사진에서 보았던 검은 곰팡이는 사라지고 욕실은 깨끗하게 정리되

아내에게 말했다.
"예쁜 집 만들어 줄게, 알았지?"
아내가 환하게 웃으며 말했다.
"자기가 더 건강해지고 나서, 알았지?"

어 있었다. 통증이 있는 배를 움켜잡고 아내를 도와 페인트 작업과 청
소 작업을 했다.

약 3주 후에 우리는 이 시골집에 이사를 왔다.

이사 오는 날 너무도 기뻐하는 아내의 모습이 더 슬펐다. 아내에게
말했다.

"예쁜 집 만들어 줄게, 알았지?"

아내가 환하게 웃으며 말했다.

"자기가 더 건강해지고 나서, 알았지?"

미스코리아 친구의
시골 방문기

,

초등학교 여자 친구가 있다. 그 친구 하면 늘 생각나는 단어가 있다. 바로 '미스코리아'다.

예전에 미스코리아 대회에 나간 적이 있는, 그러나 지금은 '그냥 아줌마(?)'가 된 친구가 생일이라고 견과류와 마늘을 보내왔다. 아마도 건강해지라는 격려의 선물일 것이다.

선물이 도착하고 며칠 있다가 내 생일이라고 그 친구와 남편이 아이들까지 데리고 이 먼 산골까지 와주었다.

작은 상에 친구와 나 그리고 아내가 둘러앉아 이런저런 이야기를 나누었다. 친구 남편과 아이들은 자리가 어색한지 들어오지 않고 집 주변을 둘러본다고 나갔다.

"고맙다, 친구야. 그리고 반가웠다.
미스코리아까지 나갔던 여자가 영광스럽게
이 시골까지 찾아와 주어서 더 고마웠어."

친구는 나를 처음 만난 초등학교 때 이야기부터 마지막으로 본 7~8년 전까지를 이야기했다. 내가 초등학교 때 얼마나 개구쟁이였고, 운동장에서 늘 뛰어다녔으며, 그림을 잘 그렸다는 이야기까지 들려주었다.

아내는 그 말에 "지금은 그림이 엉망인데요"라고 웃으며 나 대신 말을 이어 갔다. 그리고 10년 전부터 지금까지의 나를 친구에게 이야기했다.

두 사람의 이야기를 듣자니, 내 인생의 자서전이 퍼즐처럼 맞춰져 가는 듯했다. 나도 잊고 있었던 내 인생의 일화들이 나를 기억하는 누군가에 의해 완성된 느낌이었다.

생각해 보면 초등학교, 중학교, 고등학교, 대학교, 사회생활 그리고 현재까지 미스코리아 친구가 걸쳐 있었다. 초등학교 때는 같은 반 친구로, 중학교 때는 인사 정도 하는 사이로, 고등학교 때와 대학교 때는 차 마시는 친구로, 사회생활을 할 때는 밥 먹고 가끔 연락하는 친구로, 그리고 현재는 아픈 나를 찾아주는 의리 있는 친구로 말이다.

그 세월 속에 모습은 달라져 갔지만, '친구'라는 단어로 함께해 주어서 고마웠다.

아내는 주로 나의 병상에서의 투혼 이야기를 해주었다. 친구는 놀라움과 근심어린 눈으로 나를 보았다.

그때 친구의 남편이 차에서 내리는 소리가 들렸다. 아마도 친구가 가봐야 할 시간인 것 같았다.

"건강하게 있어라. 부인 말 잘 듣고 알았지?"

"나 아내 말 참 잘 듣거든. 걱정하지 말고 너나 잘 지내라."

짧은 인사를 하고 떠나가는 차에 고맙다고 다시 한 번 인사를 했다.

남녀가 오랜 세월 친구 사이로 지내기 힘든데, 더구나 결혼하고 나면 저마다 자기 살기 바빠서 초등학교 동창의 투병까지 신경 쓰기는 더 어렵다. 그러나 의리 있는 그녀는 내 인생의 전반에 늘 한 발을 들여놓고, 날 걱정해 주고 응원해 주었다는 것을 이 글을 쓰면서 새삼 깨달았다.

오늘 그 친구에게 전화를 해야겠다. 그리고 이렇게 말해 줘야지.

"고맙다, 친구야. 그리고 반가웠다. 미스코리아까지 나갔던 여자가 영광스럽게 이 시골까지 찾아와 주어서 더 고마웠어."

가끔은
사람이 그립다

,

시골생활이 조금씩 즐거워지고 있다. 아침에 불어오는 상큼한 공기가 좋고 이름 모를 풀과 잡초들 그리고 산속의 눈부신 초록의 생명력이 눈을 호사롭게 만든다.

저녁때가 되면 장엄한 노을이 세상을 마지막으로 밝히려고 노력하는 것처럼 찬란하다.

도시에서는 빗소리가 차 소리와 사람 소리 그리고 각종 소음에 막혀 잘 들리지 않았지만 여기 강원도 횡성에서의 빗소리는 그야말로 오케스트라 같다.

비가 내리는 각각의 소리가 다른데, 그 다름이 신의 손에 의해 지휘가 되어 하나의 멋진 음악으로 들린다.

사람이 귀한 동네에 살다 보니 문밖의 일에 귀가 예민해졌다.

무엇보다도 시골에서는 야식을 습관처럼 먹지 않아서 좋다. 서울에서는 문만 열고 나가면 편의점, 치킨집 등 야식의 길로 들어서기가 쉬웠는데, 여기서는 편의점을 가려면 차를 타고 나가야 해서 그 횟수가 줄었다. 굳이 야식을 먹고 싶다면 집에서 만들어 먹기 때문에 최소한 좋은 재료로 먹을 수 있다.

내가 사는 곳은 우리 집까지 포함해서 여섯 가구뿐인 산골마을이다. 어르신들 말씀으로는 6·25 때도 군인들 구경도 못 했다고 한다. 어디선가 포소리가 어렴풋이 들려서 무언가 큰 일이 일어났구나, 했단다.

지금도 마을에 사람이 없다 보니 어디에서 차 소리가 나면 다들 담장 밖으로 목을 빼고, 무슨 일로 차가 왔나 하고 시선을 떼지 못한다. 그리고 그 차가 동네에 들어왔다 나가는 순간까지 지켜본다.

처음에는 그 풍경이 무척 웃겼는데, 지금은 나도 똑같은 행동을 한다. 사람이 귀한 동네에 살다 보니 문밖의 일에 귀가 예민해졌다.

사실 이곳 생활에서 가장 그리운 것은 음식도 커피도 와인도 아니고 문화적 수준 차이를 느끼는 영화나 뮤지컬도 아닌, 바로 사람이다.

언젠가 동네에 스님 두 분이 계시는 작은 절 근처를 지나간 적이 있는데, 어디선가 커피 냄새가 났다. 그 향기를 따라가니 연세가 지긋한 스님이 커피를 드시고 계셨다. 승복과 커피가 왠지 어울리지 않는 것 같아 나도 모르게 웃음이 새어 나왔다.

스님은 깜짝 놀란 얼굴로 나를 바라보더니 서둘러 합장을 하고선 "커피 한 잔 드릴까요?" 하고 물었다.

"아닙니다, 스님. 괜찮습니다."

스님이 웃으면서 말했다.

"아파서 이곳에 살러 오신 분 맞죠?"

"네, 여기까지 소문이 났나 보네요. 적적해서 걷다 보니 오게 됐습니다."

"그래요. 여긴 참 사람이 없지요. 저 역시 가끔 사람이 그리울 때가 있습니다."

속세를 떠난 스님도 사람을 그리워하는구나 싶었다.

이 그리움이란 병은 인간이면 누구나 갖는 불치병인 모양이다. 그리고 그리움은 사람 귀한 줄 알게 하는 명약인 듯도 하다. 가끔 서울에서 지인을 만날 때면, 예전보다 더 진중하고 더 진실한 마음으로 귀 기울여 듣게 되는 걸 보면 말이다.

아내의 친구,
조창미

,

강원도 횡성에 아내의 친구가 산다. 그 친구와 아내는 고등학교 3년 내 내 같은 반, 바로 옆자리 짝꿍이기도 했고, 생일이 하루 차이라서 친해 졌다고 한다. 학과는 다르지만 대학도 같이 다녔단다.

그러다 아내는 나를 만나서 도시에서 생활을 하게 되고, 친구는 결 혼과 함께 이곳 횡성에서 살게 되었다.

우리가 횡성에서 시골 생활을 시작한 뒤 아내의 친구는 매달 홍삼 을 가져다주고, 김밥을 말거나 맛있는 것을 하면 차로 운전해 와서 건 네주고 가곤 했다.

아내는 가끔 케이크나 쿠키를 구워 선물로 주는 정도로 감사한 마 음을 표현했다.

오늘도 우리 집에 면역력을 키우는 데 좋다는 꿀 화분을 가져다주고 갔다. 우리 부부가 약 7~8개월 전에 이야기했던 것을 잊지 않고 가져온 것이다.

그 친구는 모든 이들에게 선한 영향을 주고 있다. 가까운 사이인 우리에게만 그런 것이 아니라 다른 사람들에게 무엇인가를 아낌없이 주면서 행복해한다.

이런 사람이 아내의 친구라는 것이 정말 기쁘다. 그리고 그 정성과 마음씀씀이를 배울 수 있는 오늘이 고맙다.

7월의 빵

,

땀이 뚝뚝 떨어지는 7월의 마지막 주, 인터넷에서 무언가를 열심히 찾
던 아내가 즐거운 목소리로 말했다.

"자기가 먹을 수 있는 빵 만드는 곳을 찾았어. 잘했지? 나 내일부터
빵 만들러 간다."

"빵 만드는 데 정말 덥다던데, 이 날씨에 괜찮겠어? 무리하는 거 아
냐?"

"아냐, 에어컨 나오는 곳이야. 자기를 위해 오늘부터 '빵 열공'에 들
어간다."

뭐가 그리 좋은지 연신 웃으며 신이 난 얼굴이다.

토요일 아내는 빵 만들러 가고, 나는 혼자 밥 먹고 책 읽고 영화를

보았다.

아내가 돌아왔을 때 그녀의 두 손에는 오늘 만든 빵이 들려 있었다. 아내는 덥다면서도 씻는 것도 잊어버렸는지 자기가 직접 만든 빵을 자랑했다.

"이 빵 이름은 깜파뉴야. 그리고 이 빵은 루스틱. 예쁘게 잘 만들었지? 이 빵은 발효 숙성시켜서 만든 건데, 통밀과 견과류를 다른 사람들보다 더 많이 넣었어."

빵 만드는 공장에서 있었던 일을 어찌나 세세하게 이야기하는지 마치 내가 그곳에서 함께 빵을 만들고 있는 것 같았다.

그러던 어느 날 내가 퇴근하고 한참이 지났는데도 아내가 돌아오지 않았다. 빵 만들고 올 시간이 넘어서 전화를 했지만 아내는 받지 않았다. 한참 후에야 들어온 아내의 가방을 받아 드는데, 그때 아내의 팔에 큰 파스가 붙어 있는 걸 발견했다. 자세히 보니 거즈였다.

놀래서 무슨 일이냐고 묻자, 아내는 별거 아니라는 듯한 표정으로 말했다.

"오늘 빵 만들다가 데었어."

"얼마나 데인 건데? 병원에는 갔어?"

"낮에 다녀왔어. 그리고 빵을 마저 만드느라고 좀 늦었네. 그런데 밥

아내가 직접 만든 여러 종류의 빵.

'사랑해. 그리고 고마워. 밥 챙겨 놓았으니까 일어나면 밥 먹고.
참, 어제 빵 이름은 루스틱과 바게트야.
오늘 가서 어떻게 만들었는지 이야기해 줄게.'

은 먹었어?"

"내일은 좀 쉬어. 그깟 빵 안 먹으면 그만이지. 이번 주말은 나가지 말고 집에서 쉬어."

나의 말투에는 언짢음이 섞이기 시작했다. 아내는 늘 그랬던 것처럼 "나 씻고 올게"라는 말만 하고 욕실로 들어갔다.

아내는 무엇이 그리 좋은지 내 속도 모르고 오늘 있었던 에피소드를 늘어놓기 시작했다.

"팔을 왜 다쳤는지 알어?"

일부러 나는 아무런 대답도 하지 않았다.

"내 키가 작아서 위에 있는 선반을 내리다가 이렇게 된 거야. 다친 곳 보여 줄까?"

무슨 대단한 전쟁에서 얻은 영광의 상처라고, 별로 보고 싶지 않았다. 하지만 싫다는 표현을 하기도 전에 아내는 팔뚝에 생긴 시뻘건 상처를 보여 주었다. 순간 언짢았던 마음이 화가 되어 나왔다.

"그게 무슨 자랑이냐, 당장 그만둬. 그거 안 먹어도 살아. 조금 나쁜 빵 먹는다고 죽지도 않고. 앞으로 빵 안 먹을 거야. 내일 당장 그만 둬, 당장."

나는 씩씩거리며 방 안으로 들어가 버렸다. 이 더운데 화상이라니, 잘 낫지도 않을 거 아닌가. 더운 날씨 때문에 더 화가 났다.

2시간 정도 지나자, 아내가 방으로 들어오더니 나를 설득하기 시작했다.

"빵 만들어 주고 싶은 내 마음 모르겠어? 내일부터는 이런 일 없을 거야. 화내지 말고 이해해 주면 좋겠는데……."

난 요지부동 아무 말도 하지 않았다.

토요일 아침 아내는 조용히 침대에서 일어나 주방에서 달그락거리는 소리를 냈다. 곧이어 나가는 소리가 들리는데도 여전히 모르는 척했다.

한참 뒤 문자가 왔다.

'사랑해. 그리고 고마워. 밥 챙겨 놓았으니까 일어나면 밥 먹고. 참, 어제 빵 이름은 루스틱과 바게트야. 오늘 가서 어떻게 만들었는지 이야기해 줄게.'

그 문자에 더 이상 화를 낼 수 없었다. 결국 내가 졌다. 오늘은 무탈하게 빵을 만들고 조심해서 집에 올 수 있기를 기도하며 밥 대신 아내가 어제 만들어 온 빵을 먹었다.

'맛없네.'

이렇게 생각하면서도 계속 먹었다. 빵을 다 먹고도 역시나 '맛없네'라고 생각했다.

나도 한고집 하나 보다. 분명 엄청 맛이 있었는데…….

"추석은
나누는 거야"

,

아내는 남에게 주기를 좋아하는 사람이다. 어린 나이인데도 부모님과 친척들의 경조사를 알아서 다 챙기고, 명절이 되면 일일이 선물을 만들고 포장해서 주위에 나눠 준다.

늘 자신이 받기보다 남에게 먼저 무엇인가를 주기 위해 노력하는 사람, 그 마음에 감탄한다.

아내의 명언이 있다.

"추석은 나누는 거야."

이렇게 해서 동네 사람들에게 선물할 만주와 케이크를 어제부터 만들기 시작했다. 힘들고 허리가 살짝 아팠지만 그래도 행복했다.

솔직히 만드는 과정이 그리 행복하지는 않았다. 손가락도 아프고,

눈도 아프고, 다리도 저리고, 참으로 손이 많이 가고, 힘들었으니까.
하지만 막상 완성되었을 때 기분은 좋았다.

아내의 수첩에 적혀 있는 이웃들의 이름을 보며 만주와 케이크를
포장하면서 새삼 행복했다.

그들의 이름과 만주와 케이크가 겹치며 즐거워할 얼굴이 함께 떠올
랐다. 갑자기 가슴이 벅차 올랐다. 이웃 사람들이 아내의 음식을 즐겁
게 먹으면서 느낄 행복감을 생각하니 내가 더 행복해졌다.

아내의 명언 '추석은 나누는 거야'란 말 정말 멋지다.

그런데 아내는 아마 크리스마스 때도 이와 똑같은 말을 할 것이다.

"크리스마스는 나누는 거야."

동네 사람들에게 선물할 만주.

아내의 명언 "추석은 나누는 거야"란 말 정말 멋지다.
그런데 아내는 아마 크리스마스 때도 이와 똑같은 말을 할 것이다.
"크리스마스는 나누는 거야."

기다리는
마음

,

초가을 온 동네 밤나무에 밤알들이 주렁주렁 걸려 있었다.

어느 날 이 동네에서 가장 힘센 할머니께서 말씀하셨다.

"여기저기 밤이여. 밤 주우러 가세."

가고 싶었지만 병상에 누워 있다 보니 발걸음 옮기기가 여간 힘들지 않아 죄송하다는 말만 했다.

그리고 얼마나 지났을까. 2~3시간쯤 지났나 싶을 때 할머니 몇 분이 내게 밤을 나눠 주러 오셨다.

"밤 많이 따셨네요."

그러자 할머니는 이렇게 대답하셨다.

"밤은 따는 게 아니라 줍는 거여. 밤나무를 누가 때리나, 그냥 떨어진 밤만 가져오는 거지."

따는 게 아니라 줍는 것. 그 속에는 나무를 대하는 할머니의 마음이 담겨 있었다.

얼마 전 할머니들은 은행나무 열매인 은행을 주우러 가셨다.

그래서 이번에는 "잘 줍고 오셨어요?"라고 말을 건넸다.

"그려, 은행 까서 줄 테니 집에 가서 구워 먹어."

그러고는 이렇게 말씀을 이으셨다.

"비님이 내려 은행이 떨어지고, 바람이 불어 은행을 다 떨어지게 했네."

할머니는 시인이었다!

산골로 이사 오고 나서야 자연스러운 기다림의 의미를 배웠다. 굳이 따지 않고도 기다리면 잘 익은 열매는 비와 바람이 알아서 수확을 해준다. 그렇게 얻은 밤과 은행이 가장 자연스럽고 맛있는 열매가 아닐까.

서울에 있을 때는 장난이라지만 왜 그렇게 밤나무와 은행나무를 괴롭히면서 열매를 땄는지, 생명을 생각하지 않은 무관심, 더 많이 거두려는 욕심 때문이었을 것이다.

새삼 그때 그 밤나무와 은행나무에게 미안해지는 날이다.

"오래된 개나 염소
팔아요"

,

다발성 신경염이라고 해서 온몸에 마비가 오는 증상이 있다.

2013년 4월 20일 수술 이후 그 증상 때문에 한 번도 편하게 잠든 적이 없다. 밤새 뒤척이고 잠이 들다 깨기를 반복한다.

오늘도 항암제 후유증과 다발성 신경염으로 침대에 누워 있었다.

그러다 밖에서 나는 소리에 오래간만에 배가 끊어질 정도로 크게 웃었다.

서울에서는 보통 고물상 트럭이 스피커로 이렇게 소리친다.

"고장 난, 오래된 노트북이나 세탁기, 냉장고 팔아요(사요)."

그런데 이곳 횡성에는 이런 외침이 들린다.

"오래된 개나 염소 팔아요(사요)."

다정하게 오늘을 위로하는 것

오감을 열고 있으니,
혼자 있는 공간에도 세상이 들어온다.

한참 웃다 창문을 바라보니 눈이 오고 있었다. 걷기 힘들지만 그냥 누워 있을 수 없어 일어나 창문 밖 풍경 사진을 찍었다.

혼자라는 공간 속에서도 누군가의 목소리에 웃게 되고, 창밖의 눈발에 마음이 움직이는구나 싶었다.

오감을 열고 있으니, 혼자 있는 공간에도 세상이 들어온다.

열쇠 수리공 노인

,

우리 동네 차도 주변에 판자로 지은 허름한 가게에 열쇠 수리를 하는 할아버지가 계신다.

머리는 백발에 가깝고, 무척이나 거친 손을 보면 평생 얼마나 열심히 일하셨을지 알 것도 같다.

열쇠만 만드는 게 아니라 잡다한 것을 고치는 일을 하는데, 손님이 많은 것도 아니어서 수입이 그리 많지는 않은 듯했다.

하지만 할아버지는 아침 6시면 문을 열고, 밤 11시면 문을 닫는다. 언제나 집에서 가져온 도시락으로 식사를 했다.

그러던 어느 날 할아버지의 허름한 가게가 헐릴 위기에 놓였다.

할아버지는 그 후 일주일 동안 모습을 보이지 않으셨다.

그 가게 앞을 지나갈 때마다 문을 닫고 사라져 버린 할아버지 생각에 마음이 불편했다.

열쇠집 옆에는 허름한 2층 건물이 있었는데, 어느 날 그 건물에 소박한 오픈 행사가 열렸다. 작은 화분조차 없이 몇몇 사람들만 찾아온 행사였는데, 뜻밖에도 일주일 동안 보이지 않던 할아버지가 주인이 된 것을 축하하는 자리였다. 가게에 작은 글씨로 이렇게 쓰여 있었다.

"평생의 소원이 이루어지다."

할아버지는 지금까지 하루도 쉬지 않고 푼푼이 모은 돈으로 그 허름한 2층 건물을 산 것이다. 1층은 세를 주고, 2층은 그 할아버지의 집으로, 그리고 2층 계단은 열쇠집으로 활용했다.

1층에서 2층으로 올라가는 계단에는 수많은 열쇠와 이름도 잘 모르는 공구들이 진열돼 있었다.

그날 지나가다가 할아버지네 가게 오픈식을 보고, 먹지도 못하는 막걸리 한 잔을 마셨다. 그리고 돼지머리고기 한 점을 입에 넣고 나오면서 5만 원을 봉투에 넣어 돼지 입에 살짝 끼워 놓고 나왔다.

평생의 소원을 이룬 할아버지의 지난 세월이 왠지 모르게 가슴 벅차서 눈시울이 아른거렸다.

사람이 사는
마을

,

지금 사는 곳은 굳이 이웃을 만들려고 노력할 필요가 없는 곳이다. 워낙 작은 마을이어서 내가 어디서 왔고 왜 왔는지 다들 알고 있다.

처음에 이곳으로 이사 오자마자 아내는 케이크를 만들어 주위 분들에게 나눠 드리면서 나와 함께 인사를 다녔다. 그게 우리의 처음이자 마지막 공식 인사였다.

그날 이후 아랫집 할머니는 우리 밭에 각종 채소를 심어 주셨고, 뒷집 할아버지와 할머니는 동네에 대한 정보를 주셨다.

나는 산책을 나갈 때 고작 "안녕하세요"라고 짧은 인사를 했을 뿐인데, 인사를 받은 분들은 덕담을 아끼지 않았다.

"그래, 열심히 운동하고 힘내고 밥 많이 먹고 영차 영차야."

'영차'라는 후렴구까지 덤으로 넣어 주면서 응원해 준다. 무엇보다도 먹거리를 해결해 준다. 호박이니 고추 같은 푸성귀뿐 아니라, 몇 년 된 귀한 간장과 된장, 고추장과 각종 장아찌 등 소중한 반찬거리를 내어 준다. 도시에서는 맛볼 수 없는 사람 사는 맛이다.

내가 암에 걸린 아픈 사람이라고 더욱 마음을 내어 주시니 미안하고 또한 감사했다.

급한 일로 아내가 집을 비운 어느 날, 아주 이른 아침에 누군가 집 창문을 두드렸다. 처음에는 짐승인가 했다.

"총각, 일어났어?"

그 말을 듣자마자 눈을 번쩍 뜨고 일어나 현관문을 열어 보니, 아랫집 할머니가 서 계셨다. 망가진 우산으로 감자부침개에 빗물이 들어가지 않게 하고, 정작 당신은 쫄딱 비를 맞고 계셨다.

"이거 맛보라고. 먹을 수 있나?"

"할머니, 감사합니다. 잠깐만요. 제가 우산 드릴게요!"

"됐어! 다 젖었는데, 뭘. 어여 들어가 맛 봐! 밥은 먹고 있지?"

"네, 잠깐만요."

우산을 챙기러 간 사이에 할머니는 굽은 허리로 벌써 저만치 가고 있었다.

그날 그 부침개를 도저히 먹을 수가 없었다. 누런 쟁반 위에 놓인 부침개를 한참 보았다. 단지 부침개라고만 할 수 없는 그 이상의 마음이 담긴 선물이었다. 그 마음을 알기 때문에 쉽게 젓가락을 들 수가 없었다.

그날 늦은 오후 할머니가 텔레비전 채널을 맞춰 달라면서 리모컨을 들고 왔다.

텔레비전은 할머니 댁에 있는데 리모컨만 들고 오신 할머니 때문에 웃음이 났다. 3일 동안 고생했던 것을 해결해 드리자, 할머니의 얼굴이 금방 환해졌다.

"역시 젊은 사람이라 다르네. 대단해. 정말 고마워."

조금 뒤 할머니가 고구마 쟁반을 들고 오셨다.

이곳에서는 아내 없이 혼자서도 거뜬하게 잘 먹고 잘 살 것 같다.

감자밭과
개구리 엉덩이

,

6월 이른 아침 텃밭에 물을 주러 나간 아내가 한참 동안이나 들어오지 않았다.

거실 창문 밖으로 목을 빼고 바라보니, 아내가 긴 막대기를 가지고 뭔가를 찔렀다 뺐다 하고 있었다.

무얼 하는 걸까 궁금했는데, 그 궁금함은 그리 오래가지 않아 해소되었다. 10초도 지나지 않아 아내의 비명소리가 들려온 것이다. 윗집 아주머니가 뛰어 내려올 정도로 큰 소리였다.

나도 급하게 신발을 대충 신고 나가 보니 아내는 엉덩방아를 찧었는지 주저앉아 눈을 동그랗게 뜨고 있었다.

"무슨 일이야?"

"감자 심은 곳에 이상한 것이 있어서 막대기로 찔러 봤는데 잘 안 찔러지더라고. 그래서 한 번 더 찌르려고 했는데 펄쩍 뛰어오르는 거야."

바로 개구리였다. 아내 말로는 주먹만 한 개구리라고 했다.

"보면 몰라? 개구리인지 아닌지. 겁도 많으면서 막대기로 찔러 보냐?"

주먹만 한 개구리 엉덩이는 처음 봐서 그 엉덩이 주인공이 개구리인지 몰랐다는 것이다.

윗집 아주머니도 나도 한참을 웃었다.

그 후에도 아내는 펄쩍 뛰어오르는 개구리만 보면 놀라기 일쑤다.

시골 생활에서만 만날 수 있는 즐거운 손님이다.

겨울 밥
구름

,

내가 있던 서울에서는 사람들이 일을 마무리하거나 퇴근 준비를 할 시
간, 여기서는 해가 뉘엿뉘엿 산을 넘어갈 쯤이면 밥 구름이 몽실몽실
피어오른다.

　냄새 참 죽인다.

　구수한 누룽지 먹을 생각에 벌써부터 마음이 따뜻해진다.

할머니의
초코파이

,

아침에 아랫집 할머니가 창문을 두드렸다.

'정情'이라고 적힌 초코파이를 주신다.

"이런 시골에선 먹기 힘든 거야! 먹고 힘내시게."

그러면서 할머니는 내 손을 꼭 잡았다.

12월 1일, 행복한 선물로 출발한다.

초코파이가 12월 첫날을 따뜻하게, 힘나게 해준다.

강아지
1호와 2호

,

밤새 눈이 내렸다. 새벽 첫눈에 내 발자국을 내고 싶은 욕심에 나가
보니 어느새 강아지 1호와 2호가 온 길을 나보다 먼저 찍어 놓았다.
녀석들이 그린 판화 작품 이름은 '개 발자국'이다.

강아지들은 내가 멀리서 보이면 미친 듯이 달려온다.

남의 집 강아지인데도 왜 그리 나를 반가워할까? 사실은 아내 때문
이다. 정확히 말해서 아내의 과자 때문이다.

아내는 겨울 동안 동네 어르신들 입 심심하다고 과자를 만들어 배
달했다. 그때 모양이 덜 예쁜 것들을 버리려고 해서 내게 달라고 했다.

"저 앞집 강아지들 주려고!"

그렇게 산책 나갈 때마다 아내의 과자를 조금씩 강아지 입에 넣어

주었다.

아마 그때부터 이 녀석들은 나를 몹시 사랑하게(?) 된 것 같다. 강아지 1호와 2호는 같은 엄마 개에서 나왔고, 같은 수컷인데도 성격이 완전 다르다.

강아지 1호는 막 날아다닌다. 내게 달려오다가도 어느새 겨울 논 쪽으로 저만치 달려갔다가 다시 내게로 달려온다. 반면에 2호는 1호보다 마르고 얌전하다. 강아지 1호는 늘 힘으로 제압해 2호의 먹을 것을 뺏어 먹는다.

어느 날 강아지 1호가 비닐하우스로 귀양을 가게 되었다. 내년 봄에 쓸 비료와 비닐 등을 온통 물어뜯고 헤집다가 딱 걸린 것이다. 결정적으로 강아지 2호의 앞다리를 물어 다치게 했다.

한동안 강아지 2호는 절뚝거리며 다녔다. 죄를 미워하되 사람은 미워하지 말라고 했던가. 강아지 1호가 조금 밉긴 했지만 그래도 늘 나만 보면 달려와 반겨 주던 녀석이라 외면할 수는 없었다.

비닐하우스 안으로 들어가 보니 강아지 1호가 목줄을 하고 있었다. 목줄을 하고서도 나에게 달려오고 싶어 발버둥을 쳤다. 그 모습을 보니 자유롭게 쏘다니고 싶은 몸부림 같아 가슴이 찡했다.

주머니 속 과자를 한 움큼 밥그릇에 넣어 주니 미친 듯이 먹어 치웠다.

강아지 1호

강아지 2호

아내의 과자를 산책 나갈 때마다
조금씩 강아지 입에 넣어 주었다.
아마 그때부터 이 녀석들은 나를
몹시 사랑하게(?) 된 것 같다.

비닐하우스 밖에 나가자 이번에는 강아지 2호가 나를 참 격하게 반기며 달려왔다.

이른 아침 눈 오는 날씨에 쏜살같이 달려오다 보기 좋게 넘어지고 말았다.

성질 급한 녀석!

다친 앞다리를 만져 주며 과자를 두 손 가득 담아 강아지 2호에게 주었다.

허연 연탄

,

밤이다. 하얀 눈이 내리고 또 내린다. 마치 별들이 추위에 꽁꽁 얼어 떨어지는 것 같았다.

아내에게 "눈 온다"고 말했다.

감수성 어린 답변을 기대했는데 대답은 영 아니다.

"에고, 낼 눈 치워야겠네."

저런 무심한 마누라님을 보았나. 짙은 어둠이 내린 밤 가로등 빛에 모여 드는 순백의 눈을 보면, 마음이 편안해지면서 동시에 정화되는 느낌이다.

그래도 현실은 현실, 아침이면 아내의 말처럼 눈을 치워야 한다.

우리 동네 입구에서 내가 사는 곳까지 여섯 가구가 산다. 평균 연령

이 75세다. 그런 까닭에 나는 우리 동네에선 청년이고, 아내는 결혼한 지 12년이 되었는데도 여전히 새댁이다.

나이도 젊다 보니 어르신들보다 좀 더 일찍 일어나 더 많이 치워야 하는 책임과 의무가 있다.

그런데 마음만 그럴 뿐 우린 언제나 꼴찌다. 어르신들은 어쩌면 그리도 잠이 없으신가. 해가 뜨지도 않은 꼭두새벽부터 눈 치우는 소리가 들린다.

눈 치우는 소리가 나면 우리는 대충 급하게 옷을 입고 나간다. 환자가 무슨 힘을 쓰냐며 들어가라는 할머니의 호통소리를 들으면서도 눈을 함께 치웠다.

뿌듯해하는 것도 잠시 잠깐. 무심한 눈은 또 내린다. 차로 서울에 가봐야 하는 아내가 걱정을 태산처럼 하기 시작했다. 눈도 눈이지만 얼어붙은 곳이 차가 지나가는 언덕이기 때문이다. 골판지를 깔아 봤자 차가 나갈 수가 없다.

그때 아랫집에서 다 탄 연탄을 언덕에 뿌리기 시작한다. 용케 차가 앞으로 나간다. 아내에게 잘 다녀오라고 인사하고, 아랫집 어르신에게 다 탄 연탄을 달라고 해서 집 옆길에 놓아두었다. 아내가 집에 돌아올 때 눈이 내리면 내리막길이 위험할 것 같아서다.

연탄을 깨서 모아 놓고 들어와 차를 한 잔 마셨다. 흰 눈으로 덮인 세상을 바라보다 허연 연탄이 눈에 들어왔다. 어렸을 때 가끔 늦은 밤이나 새벽에 연탄 갈던 생각도 난다.

연탄은 시골에서는 버릴 것이 없는 완전체다. 불마중 역할도 하지만 이렇게 눈길에 뿌리기도 하고, 잘게 부숴서 밭에 뿌리기도 한다.

나도 저 연탄처럼 세상의 좋은 배경이 되고 싶은데, 자신의 생명을 다한 뒤에도 쓰임이 있는 그런 배경이 되고 싶은데…….

우리 집 마당
냉장고

,

언제부터인지 아랫집 할머니가 우리 집 마당에 작은 냉장고를 만들어 땅속에 파묻어 두었다. 지푸라기로 엮은 상투머리 모양의 겨울 전용 냉장고다. 20대~30대 친구들은 아마도 이 냉장고를 모를 것이다.

어린 시절 방학 때마다 할아버지 댁에 놀러 갔다.

그때 할머니가 몸이 약한 나를 보시고는 바위처럼 단단하라고 붙여 주신 이름이 바로 '바우'다.

당시 시골 친구들은 내가 올 때쯤 되면 할아버지 댁 삼촌들에게 "바우는 언제 와요?"라고 물었다고 한다. 재미 있는 것은 한동안 내 진짜 이름이 '김바우'인 줄 알고 살았다는 것이다.

겨울방학 때 시골에 가면 삼촌들이 늘 썰매를 만들어 주었다. 그러

오늘 마당 지푸라기 냉장고를 보니
갑자기 돌아가신 할아버지께서
나를 부르던 소리가 들리는 듯했다.
"바우야, 바우야. 밥 먹어라."

면 친구들이랑 논에서 신나게 썰매를 타거나 눈이 많이 오는 날이면 쌀 포대를 가지고 뒷동산에 올라 산 아래까지 미끄럼을 타고 내려왔다.

그렇게 한나절 밥도 거르고 동무들이랑 놀다 보면 어느새 배 속에서 꼬르륵 소리가 났다. 그때마다 친구들과 고양이처럼 살금살금 뒤뜰로 가서, 지푸라기로 만든 냉장고를 열어 땅속에 있는 고구마랑 밤이랑 무를 할아버지 몰래 훔쳐 먹었다.

훔쳐 먹은 대가는 꿀밤이지만 그 정도의 형벌이라면 마당 앞 냉장고 문을 열고 맛난 간식거리를 먹을 만하지 않은가.

나중에서야 안 일이지만, 평소 무만 넣어 두던 냉장고인데, 내가 올 때쯤이면 할아버지께서 고구마랑 밤도 함께 파묻어 두셨다고 한다.

할머니께서 말씀해 주시지 않았다면, 할아버지의 보이지 않는 마음을 평생 모를 뻔했다.

오늘 마당 지푸라기 냉장고를 보니 갑자기 돌아가신 할아버지께서 나를 부르던 소리가 들리는 듯했다.

"바우야, 바우야, 밥 먹어라."

까치발
사랑

,

몇 년 전 영화 〈페르시아 왕자〉를 보게 된 날이다. 그날 나는 밖에서 에너지를 다 쏟아 부었던 탓에 피곤함이 밀려왔고 침대에서 푹 쉬고 싶었다. 하지만 아내가 영화를 보고 싶다는 말에 집을 나섰다.

난 의자에 앉아서 아내가 영화표를 산 다음 팝콘 사러 가는 모습을 지켜보고 있었다. 영화관은 팝콘 판매대가 다른 곳보다 조금 높았다. 하지만 까치발까지 하고 팝콘과 음료수를 받을 만큼 높은 건 아니었다.

아내는 무엇이 그리 궁금한지 팝콘과 음료수가 나오는 과정을 꼼꼼히 보려고 까치발을 하고 있었다.

그 뒷모습을 보는 순간, 아내의 눈이 얼마나 빛나고 있을지 상상이 돼서 나도 모르게 웃음이 나왔다. 집에서 쉬고 싶었던 마음이 순식간에 사라지고 어느덧 피로가 스르르 풀리는 것 같았다.

아내는 호기심이 왕성하고 소녀 같은 데가 있다. 심지어 결혼 초에
는 절대 철들지 않는 삶을 살 거라고 공언했을 정도다. 철들지 않는 삶
이란 늙지 않는 마음을 말하는 것이기도 하다.

실제로 아내는 지금까지도 갓 피어난 꽃처럼 싱싱한 마음을 지녔
다. 아내의 최대 장점은 자신이 어떻게 살면 행복한지를 잘 알고 있다
는 것이다.

나는 늘 그런 아내의 정신상태가 부러웠다. 사물의 아름다움에 감
탄하고, 그 속에 푹 빠져들 줄 아는 그 마음이 참 보기 좋았다. 나이
들면 가장 먼저 부드럽고 말랑하던 감성이 딱딱해지고 둔하게 변한다
고 하지 않던가.

무엇을 봐도 감동할 줄 모르고, 어떤 일이 있어도 시큰둥한 것. 다
행히 아내에게는 여전히 아름다움에 감동하는 감수성이 있었다.

한겨울 병원에서 진료를 받고 고속도로를 타고 내려가는 길이었다.
그때 저 멀리 눈 덮인 산을 바라보며 아내가 갑자기 탄성을 질렀다.

"와, 눈 덮인 산이 한 폭의 산수화 같아."

그러면서 창에서 눈을 떼지 못했다. 그 모습을 보면서 우울했던 내
마음은 어느새 다 풀리고 슬며시 웃음이 피어났다.

아내는 호기심이 왕성하고 소녀 같은 데가 있다.

심지어 결혼 초에는 절대 철들지 않은 삶을 살 거라고 공언했을 정도다.

봄이 오면 아내는 집 앞에 핀 꽃 이야기를 가장 많이 한다. 무슨 꽃이 피었고 무슨 꽃의 향기가 어떻다, 연신 좋알댄다. 영락없는 〈빨강머리 앤〉의 주인공 앤 셜리 같다.

"집 앞에 있는 수국 말이야, 예쁜 컵에 장식해 놓으면 정말 예쁠 것 같지 않아?"

아내의 말에는 특징이 있는데, 마지막 말에는 꼭 자신의 이야기에 동의를 구하는 것이다. 나는 그 말에 취해 이렇게 대답하지 않을 수 없다.

"응, 그래, 예쁠 것 같네."

아내는 산책을 나갔다 돌아오는 길에 집 앞 수국보다 더 예쁜 수국과 이름 모를 보라색 꽃을 가져왔다. 뭐가 그리 즐거운지 콧노래까지 부르면서 아침에 말한 그 예쁜 컵에 꽃을 담아 사진을 찍더니 거실 탁자에 놓았다가 안방에 놓았다가 한참을 이리저리 돌아다녔다. 그러고는 불쑥 말했다.

"꽃은 뿌리와 잎, 잎줄기가 잘 어울려야 더 아름다운 거 알어? 남들은 꽃만 바라보지만 난 잎도 이 줄기도 예뻐."

아름다움에 잘 감동해서인지 아내의 눈과 얼굴은 언제나 별처럼 반짝거린다.

미소를 머금은
아침

,

요즘 아침마다 웃으면서 일어나는 습관을 기르고 있다.

"요즘은 웃으면서 일어나네. 무슨 좋은 꿈 꿨어?"

아내가 물었다.

처음엔 이야기를 안 해주고 그냥 웃었다.

사실은 웃긴 일이 있어서 웃는 게 아니라 웃으면서 아침을 시작하고 싶어서였다.

아침에 미소를 띠면서 일어나면, 하루가 더 즐거울 거 같았다.

그리고 다시 눈을 뜨고 맞이하는 아침이 얼마나 달콤한데, 사랑하는 사람과 아침을 함께 먹는 게 얼마나 감사한 일인데, 어찌 웃지 않을 수 있겠는가.

웃음을 머금은 아침은 영락없이 행복하다.

마음이 행복을 향해 한걸음 다가가는 습관. 바로 웃음으로 시작한 아침의 힘이다.

벚꽃 편지

,

어느 추운 겨울에 경희대학교 근처 술집에서 마사코 사이토를 처음 보았다. 그녀는 긴 머리카락에 눈이 크고 볼이 통통하게 살이 오른 귀여운 일본 여성이다.

이인희 교수님이 유창한 일본어로 서로를 소개했는데, 마사코 사이토는 거의 90도 가까이 고개를 숙이며 인사를 했다.

'비타민'이란 모임이 있다. 오로지 한 남자를 위한 모임인데, 투병 중인 반현 교수님을 응원하기 위해 만들어졌다. 반현 교수님은 암이 다른 장기로 많이 전이된 상황에서도 대학교에서 아이들을 가르치고 있다. 그가 외롭지 않게 웃으며 살아갈 수 있게 힘을 모으자고 만든 모임이다.

대부분은 예술가와 교수 그리고 언론인과 외국인으로 구성되었다. 만나면 서로 자기 분야에 대해 토론하고 이야기하면서 즐겁게 위로하고 위로받는다.

마사코 사이토가 우리 모임에 온다는 이야기를 들은 아내가 슈거 케이크를 디자인해서 내 손에 쥐어 주었다.

빨간 기모노를 입은 여인이 반쯤 눈을 감은 뇌쇄적인 포즈로 한 손에 부채를 들고 서 있는 모습이다. 선물을 받게 된 마사코 사이토는 이런 케이크는 태어나서 처음 본다면서 연신 고개 숙여 "아리가토 고자이마스(고맙습니다)"를 연발한다.

이렇게 시작된 인연은 그녀가 일본에 간 후에도 트위터와 페이스북을 통해 계속되었다. 한 남자를 위한 모임이 어느새 서로를 위한 모임이 된 것이다.

여느 아침보다 따스한 햇볕이 창가를 노크하던 날이다. 우체부 아저씨의 오토바이 소리가 시골집 정적을 깼다.

"안에 누구 계시나요?"

난 초췌한 모습으로 현관문을 열었다. 우체부 아저씨의 손에 들린 건 마사코 사이토가 보낸 선물이었다.

초록색 복숭아 차와 분홍색 벚꽃 초콜릿 그리고 예쁜 벚꽃 편지였다. 편지를 보는 순간 그 내용을 읽기 전에 한국어 공부를 많이 한 것 같아 반가웠다. 그리고 글씨체가 집사람 말을 빌리면 곱디 고왔다.

'진짜 예쁘고 벚꽃을 기다리는 마음이 빨리 오게 하는 초콜릿입니다.'

마사코는 '벚꽃 초콜릿'을 보내면서, 이 초콜릿을 맛보며 기다리다 보면 벚꽃이 빨리 핀다는 말을 적고 싶었던 게 아닌가 싶다.

의미야 중요하지 않다. 마사코가 무슨 말로 나를 위로하고 격려하며 희망을 전하고 싶었는지 알기 때문이다.

이 글을 보고 벚꽃의 꽃말 중 하나인 '정신의 아름다움'이 떠올랐다. 육체적 고통을 정신의 아름다움으로 이겨낼 수 있게 해준 고마운 편지였다.

먼 곳에서 보내 준 벚꽃 초콜릿은 발렌타인데이에 받게 되어 더 특별한 선물이 되었다.

후배의
눈물

,

봉사활동을 통해 알게 된 두 살 어린 후배가 있다.

어느 날 이 후배로부터 전화가 왔다. 내 동생과 동갑이다 보니 가끔 생각나곤 했는데, 놀러 와도 되겠느냐는 말에 반가웠다. 녀석이 갑자기 찾아온다니 살짝 들뜨기까지 했다.

반가운 손님이 오면 버선발로 나간다는 옛 시처럼, 후배가 문밖에서 부르는 소리를 듣고 나도 반가운 마음에 신발도 못 신은 채 문 앞까지 마중 나갔다.

산山 만한 얼굴은 아직도 여전했다. 그 얼굴을 보니 웃음이 나왔다. 나의 웃는 얼굴에 그제야 녀석도 환하게 웃어 보였다.

"어떻게 이렇게 갑자기 오게 되었어?"

"그냥 갑자기 생각이 나서 왔어요."

난 서둘러 차를 끓였다. 행여 그 사이에 혼자 찾아온 후배가 심심할까 봐 하지 않아도 될 말까지 늘어놓으며 부지런히 손을 움직였다.

"어느 훌륭한 분이 만든 아주 좋은 차"라는 말을 강조하며 말을 이어가는 내게 후배는 짧게 "아, 네" 하면서 책장의 책을 보고 있었다.

내가 무슨 책을 읽는지 보는 것 같기도 하고, 딴 생각을 하는 것 같기도 했다.

"정말 오랜만에 만나네. 여기까지 찾아오다니 정말 고맙고 반가워."

그러자 후배가 슬픈 미소를 지으며 말했다.

"얼마 전 작은누님이 돌아가셨어요."

잠시 뭐라 위로할 말을 찾지 못해 황망한 표정으로 있었다. 전부터 작은누나가 아프다는 이야기를 들어 알고 있었다. 그 누나가 돌아가셨다는 말을 하는 그의 입가가 가늘게 떨리고 있었고, 눈가는 어느새 충혈되어 있었다.

후배는 작은누나가 죽기 2개월 전의 이야기를 들려주었다.

"누님이 눕지도 일어나지도 못하는 자세로 집안을 기어다녔어요. 고통 속에서 하루하루를 보내다가 '기氣' 치료하는 분의 도움으로 조금씩 걸어다닐 수 있게 됐어요. 돌아가시기 전까지 제게 밥까지 해주었어요. 그래서 형도 기 치료를 받아 보면 좋을 것 같아 말씀드리러 왔어요."

아픈 작은누나를 보면서 나를 생각했다는 사실에 감사했다.

"고마워. 생각해 볼게. 내 병은 옛날에는 2년 정도 살면 오래 생존했다고 하는 희귀암이야. 지금도 5년 정도가 평균 생존 기간이래. 오랜 투병생활을 하다 보니 삶과 죽음에 미련이나 두려움은 없는 상태야. 통증과 고통은 있지만 참을 만해."

내 말을 다 들은 후배는 아쉬운 표정을 지었다.

"그래도……."

후배는 금세 차를 마시고 그 뒷말은 삼켜 버렸다. 그러고는 다시 작은 누나 이야기를 했다.

"작은누님이 아직도 눈에 선해요. 큰누님은 예전부터 아팠던 분이라 온 가족이 오랫동안 함께하는 시간을 많이 만들고 좋은 추억도 많은데, 작은누님은 그러지 못한 것이 마음에 깊은 슬픔으로 남아 있어요."

후배는 찻잔을 만지작거리며 말을 이었다.

"돌아가시기 전날까지 남동생인 제게 밥상을 차려 주며 '내가 너 장가가면 요 반찬 만드는 법 네 신부에게 알려줄게'라고 하셨어요."

그런 누나가 새벽에 심장마비로 죽은 것이다. 그래도 매형의 말에 의하면 편안히 저 세상으로 갔다는 게 그나마 위안이라고 했다.

후배는 말을 잇지 못하고 눈물을 보였다. 우는 게 부끄러운지 애써 참으려 했다.

"그냥 울어. 내 앞에서는 참지 말고 울어도 돼. 그래야 시원하지. 나도 아내 없을 때는 바보처럼 울곤 해. 그래야 아내 앞에서는 웃을 수 있더라고."

후배가 울기 시작하자, 나도 눈물을 참지 않았다.

아무 말 없이 한동안 둘이 함께 울었다. 한참 울고 나니 마음속 응어리마저 다 쓸려나간 듯 개운해졌다.

"앞으로도 울고 싶으면 언제든 전화해."

서로 얼굴을 보며 조금 쑥스러운 듯 웃었다.

함께 울고 나니 또 울고 싶을 때 만나고 싶은 사람으로 생각날 것 같았다. 후배의 차가 떠나가는 모습을 지켜보면서 오래도록 손을 흔들었다.

5백 배의 무게를
이기는 씨앗

,

이경화 선생님이 시골집에 찾아왔다. 오토도 아니고 덜컹덜컹 소리가
요란한 사륜 구동차를 몰며 예쁜 모자에 어울리는 고운 스카프를 두
르고, 양동이에 이름 모를 꽃까지 한 아름 안고서 말이다. 그리고 간
과 관절에 좋다는 생강나무 꽃잎차를 내놓았다.

　이경화 선생님은 우리나라 최초로 유럽에서(프랑스, 이탈리아, 그리스)
조경설계사가 되었고, 국내보다는 해외에서 이름이 높은 분이다.

　그런 분이 조경을 하다 보니 꽃이 좋아지고 꽃잎의 향기에 취해 꽃
잎차를 만들기 시작했단다. 선생님 스스로 꽃잎차를 드시고 병이 나
은 경험도 있다고 한다.

　선생님 말씀으로는 국내 꽃잎차는 야생이 아니라 비닐하우스에서

"혹시 씨앗이 흙은 뚫고 초록색의 새싹으로
하늘 아래에 서는데 흙의 약 5백 배의 무게를
이기고 나온다는 거 알아요?"

재배되고 또 건조기에 말리기 때문에 꽃차가 가지고 있는 본래의 좋은 성분이 거의 없다고 한다. 심한 경우 인공향을 꽃에 첨가하기도 하고, 그런 것을 백화점이나 인터넷에서 판매하는 모습을 보고 충격을 받았다고 한다.

"사람의 몸과 마음을 건강하게 다스려 주는 꽃차를 저렇게 판매하는 것은 어떤 의미에서는 살인 행위예요."

이경화 선생님은 꽃차에 대한 자신만의 철학을 한참이나 펼쳐 놓더니 가져온 양동이를 들고 앞마당에 약성이 높은 꽃나무를 손수 심기 시작했다. 앞마당에 심은 작은 꽃나무를 보며 차를 마시니 마음이 평온해졌다. 또 야생에서 잘 자란 꽃으로 자연건조해서 만든 참꽃차를 그 향기와 함께 마시니 비단길을 걷는 느낌마저 들었다.

선생님은 떠나면서 진한 꽃 향기보다 더 향기로운 말을 남겨 주었다.

"해우 선생(나의 호), 씨앗이 흙을 뚫고 초록색의 새싹으로 하늘 아래에 서는 데 흙의 약 5백 배의 무게를 이기고 나온다는 거 알아요? 해우 선생은 그 5백 배의 무게를 이길 수 있는 씨앗 같은 분으로 보여요."

그러면서 나를 꼭 안아 주었다. 눈물이 핑 돌았다.

"감사하고 고맙습니다. 선생님!"

선생님은 말없이 등을 두드려 주시며 작별 인사를 건넸다.

우리 동네 바보
삼용이

,

우리 동네에는 바보가 산다.

동네 사람들은 그 바보를 만나면 대체로 피하거나 안타까움에 혀를 찰 때가 있다. 한마디로 불쌍하고 모자란 놈이라는 의미다.

어느 날 버스 타는 곳에 있는 구조물이 바람 때문인지 이른 아침에 보니 한쪽으로 기울어져 있었다.

산행을 마치고 돌아오는 길에 다시 보니 조금 더 위태로워 보였다.

신고해야겠다고 생각하고 잠시 살펴보니, 구조물 뒤에 누군가 있었다. 바로 '바보 삼용이'였다.

거기서 뭐 하느냐고 물었더니 "다쳐, 다쳐, 다쳐" 하면서 저리 물러나라는 손짓을 했다. 자세히 보니 무거운 구조물을 자신의 어깨로 떠받치고 있었다.

　추운 날씨에 다른 사람이 다칠까 봐 아침부터 그러고 있었던 것이다.

　순간 세상에 진짜 바보가 누구인가 하는 생각이 들었다.

　동사무소와 시청에 신고하고, 그의 축 늘어진 겨울용 외투에 따뜻한 두유 한 병을 넣어 주었다.

"혼자 먹으면
재미없지!"

,

언젠가 텔레비전의 어떤 여행 프로그램에서 본 이야기다.

할머니가 사과를 얇게 깎지 않고 먹을 수 있는 부분까지 깊게 깎는 걸 보고 여행자가 물었다.

"할머니, 껍질을 더 얇게 깎아야 하는 거 아니에요?"

할머니는 이렇게 대답했다.

"새에게도 먹을 것을 나눠 줘야지."

우리 옆집 할머니가 꼭 그분 같다.

한번은 새들이 추수해 놓아 겨울 햇빛에 말린 곡식을 쪼아 먹기에 내가 "훠이, 훠이" 하면서 쫓으려 하자 할머니는 이렇게 말했다.

"그냥 두구려. 배부르면 갈 거여. 추운 날씨엔 나눠 먹어야지."

그때 할머니의 넓은 마음에 감동했다.

자연은 지금까지 내가 나누려고 생각한 대상이 아니었다. 그런데 할머니를 보면서 진짜 나눔에 대해 깊은 생각을 하게 되었다.

할머니는 오늘도 감자전을 동네에 돌리고 계신다. 이유는 간단하다.

"혼자 먹으면 재미없지."

크리스마스
선물

,

어찌하면 홀로 즐거워할 수 있을까?
"일 없이 이렇게 고요히 앉았으니, 하루가 곧 이틀일레라."

어찌해야 다른 사람과 더불어 즐길 수 있을까?
"그대와 함께 나눈 하룻밤 대화가 십년의 독서보다 외려 낫구려."

어찌하면 무리와 함께 즐거이 지낼 수 있을까?
"이 가운데 텅 빈 곳 본래 아무것도 없으니, 그대들 수백 명쯤이
야 용납할 수 없으랴."

−《광부지언狂夫之言》중에서

다정하게 오늘을 위로하는 것
• , • •

이 시에 따르면 혼자서도 즐겁게 지내는 법은 고요히 앉아 자기를 바라보는 것이다. 남과 더불어 즐기는 법은 마음에 맞는 벗과 하룻밤 마주 앉아 대화를 나누는 것이다. 또한 무리와 함께 즐기는 법은 마음을 비워 놓고 욕심 없이 흉금을 터놓고 그들의 이야기에 귀를 기울여 주는 것이다.

그중 두 번째 구절, '그대와 함께 나눈 하루 저녁 대화가 십 년간의 독서보다 외려 낫구려'란 문장이 생각나게 하는 분이 있다. 바로 한국 IR협의회 신은철 부회장님이다.

바쁘고 피곤할 텐데도 예고 없이 찾아가도 언제나 기꺼이 시간을 내 줄 뿐만 아니라 시간 가는 줄 모르고 이야기 삼매경에 빠지니 말이다.

2010년경 스펙 쌓기에 자신의 인생을 바치는 청소년들을 보고 고민해서 만든 프로젝트가 있었다. 스펙 쌓기가 아닌 자신이 진짜 하고 싶은 이야기를 만들면서 성공할 수 있는 교육과 시스템 사업이었다.

그때 신은철 부회장님이 매달 열리는 강의와 세미나 모임에 참석해서 조언을 해주셨다.

이후 공적인 관계에서, 그리고 가끔은 사적인 자리에서도 이야기를 나누는 좋은 친구가 되었다.

그분과 이야기를 하다 보면 술도 없이 차 한 잔만으로 몇 시간씩 이야기를 나누게 된다. 남자 둘이 오래 이야기를 한다고 생각하니 수다가 아닐까 하는 좀 경망스러운 생각도 들지만 나로서는 정말 행복한 수다가 아닐 수가 없다.

그분의 깊은 식견과 삶의 경험에서 나오는 지혜 그리고 다양한 책을 통해 얻은 통찰력 등에 대해 듣다 보면 책 속 좋은 구절을 읽을 때 느끼는 강한 희열을 맛본다.

언젠가 집무실에서 긴 이야기를 나누던 중 부회장님이 물었다.

"남자들은 이야기의 중심에 왜 술잔이 필요한지 아세요?"

"글쎄요, 남자들은 사적 대화를 공적 대화보다 하기 힘드니 술잔을 돌리면서 하는 건 아닐까요? 문화적·사회적 습관이기도 하고요."

내 말에 부회장님이 말했다.

"그 말도 맞지만 정확히는 책을 잘 읽지 않기 때문에 무슨 대화를 할지 모르기 때문입니다. 책을 많이 읽으면 내가 상대방과 같은 경험을 하지 못했다 해도 대화가 가능하지요. 간접 경험의 폭이 넓어서예요. 그래서 책을 많이 읽은 사람들과 대화를 하다 보면 지금처럼 차한 잔에도 깊은 대화를 이어 갈 수 있죠."

나는 그 말에 고개를 끄덕였다.

크리스마스에는 그분께 이덕무의 《배고픈 새》란 책을 선물로 받았다.

"오늘 크리스마스라서 하는 말이 아니라 김이사님(나의 직함)이 늘 말씀하시는 나눔과 기부를 저는 인생이라고 생각합니다. 인생을 그리는 요소 중 사랑과 영성, 나눔과 기부가 함께 어울려야 퍼즐이 완성된다고 생각해요."

지금도 그때 그 말을 기억하고 있다.

그분과의 대화를 생각할 때면 주변에 공감하고 영감을 주는 분이 있다는 게 큰 복이라는 생각이 든다.

선물로 받은 《배고픈 새》의 저자 이덕무는 18세기 사람으로, '책만 읽는 바보'라는 뜻으로 스스로를 '간서치看書癡'라 부르며 살았던 인물이다. 나 역시 책 읽는 바보로 살고 싶다.

책 선물만으로도 행복한데 늦은 밤 함박눈까지 내린다. 마음은 풍요롭고, 풍경은 그윽하니 내리는 눈빛에 비추어 책을 읽기에 참 좋은 밤이다.

일에 그림을
색칠하다

,

중고등학교 때 그림을 잘 그렸다. 세계청소년 미술대회에서 은상을 타기도 했다. 덕분에 한 번도 미술학원에 다닌 적 없는 내게 중학교 미술선생님은 미술학원에서 무료로 그림을 배울 수 있는 특혜를 주었고, 고등학교까지 많은 상을 받으며 다닐 수 있었다.

하지만 입시라는 벽과 그때만 해도 '화쟁이'라며 그림 그리는 사람을 낮추어 보는 시선이 있었고, 집에서 강력한 반대에 부딪친 탓에 할 수 없이 이공계로 바꾸고 대학에서 컴퓨터공학을 배웠다.

그 후 그림을 손에서 놓았지만, 나의 감성은 아직도 '그린다'에서 출발한다. MBA를 공부하면서도 어려운 회계나 전략 등이 나오면 종이에 그림으로 그려서 복잡한 설명을 이해하곤 했다.

그런 탓에 내 집무실 벽엔 온통 그림으로 채워져 있다. 마케팅 부서에서 가져온 내용을 그리고, R&D 부서에서 보고한 서류를 그리고, 때로는 전략기획부와 인사부 보고서를 그림으로 그리다 보면 조각나 이해하기 어렵던 전체 윤곽이 잡히면서 문제점도 쉽게 찾을 수가 있었다. 또 각 부서의 보고서를 하나씩 분리해서 봤을 때 찾을 수 없었던 회사 전체 사업의 프로세스와 모순을 한눈에 파악할 수도 있었다.

얼마 전에 우리가 흔히 말하는 '좋은 대기업'에 다니는 젊은 후배가 전화를 했다.

"하고 싶은 일을 하는 사람이 아름답다고 하는데 집에 걸려 있는 거울을 보는 순간 죽상을 하고 있는 제 자신을 발견했어요. 아무래도 원하지 않는 일을 하고 있기 때문인 것 같아요."

"그래? 그럼, 무슨 일을 하고 싶은데?"

"아직 뚜렷하게 무엇을 하겠다는 생각은 없고, 지금 하는 일이 제 일이 아니라는 건 분명해요."

그때 후배에게 이런 이야기를 했다.

"지금 하는 일이 자신의 일이 아니라고 생각하기 전에 우선 자네가 하고 있는 일을 사랑해 보려고 노력은 해봤나?"

요즘 미디어를 보면 '자신이 원하는 일을 하라' '자신이 원하는 일을 할 때가 가장 아름답다'라는 카피와 강의가 많다.

물론 맞는 말이다. 하지만 자기가 하는 일에 최선을 다하고, 자신이 좋아하고 잘하는 것을 그 일에 접목해서 즐겁게 일을 할 수도 있다.

내 경우 예전 회사에서 재무와 회계 때문에 머리가 아팠다. 보고 돌아서면 까먹는 탓에 밤새 알지도 못하는 내용을 외우고 암기하는 생활을 반복해야 했다.

회계관리 업무를 담당한 것은 아니었지만, 중역 보고 자리에서 회계 부서에서 하는 말의 40퍼센트는 도저히 이해가 되지 않아 늘 끝나고 나면 개인보충교육을 받았다.

어느 날은 이건 내가 할 일이 아니라고 자책하다가 스스로 한심하다는 생각에 도달했다.

그러다 이 문제를 어떻게 하면 해결할까, 이틀 동안 머리를 싸매고 고민하다 보니 순간 아이디어가 떠올랐다.

'내가 하고 싶었던 그림을 이용해서 회계와 재무를 공부해 보자.'

이 생각은 주효했다.

그림을 그려 가며 내용을 받아들이니 이해하기가 훨씬 수월해졌다.

일에 그림을 색칠하게 되면서 고달프기만 하던 업무도 덩달아 즐거워졌다.

비록 그림 그리는 일을 직업으로 하는 길로 가지는 못했지만, 내가

하고 싶었던 것, 재능을 일에 접목해 즐겁게 일할 수도 있다는 걸 알
게 된 것이다.

아름다운
스펙

,

언제부터인지 학생들이 스펙을 쌓는다고 하면 처량하게 보는 것도 모자라 그 자체를 혐오스럽게 보는 경우가 있다.

스펙을 쌓으라고 한 이들이 바로 우리 기성세대인데, 그 기성세대가 이제는 스펙에 스토리까지 원한다. 토익보다는 봉사활동, 감동적인 자아실현까지 요구하기 시작한 것이다.

그러나 그것이 또 다른 스펙이라는 생각은 하지 못하는 것 같다. 취업을 위한 의미 없는 봉사와 자아실현을 위해 억지로 만들어지는 각종 상장 그리고 수료증이 무슨 의미가 있을까.

예전에 '아름다운 스펙'이란 제목으로 강연을 한 적이 있었다.

"오로지 내 취업을 위한 토익 900점과 아프리카를 돕기 위한 토익

900점은 어떻게 다를까. 개인의 취업을 위해 토익 900점을 받은 학생은 취업과 함께 거기서 멈추고 만다. 하지만 아프리카를 돕겠다는 인류애를 가지고 공부한 학생의 토익 900점은 멈추지 않는 도전으로 끊임없이 진격하게 될 것이다."

몇 년 후 그 강의를 들었던 한 학생으로부터 연락이 왔다.

"선생님, 제가 고2 때 강연을 들었던 학생인데요, 지금 대학생이 되었어요. 그때 '아름다운 스펙'에 대한 강연을 듣고 대학생이 되면 아프리카에 가서 봉사활동을 해야겠다고 마음먹고, 그 실천 항목으로 영어가 필요할 것 같아서 공부했거든요. 또 봉사를 잘하려면 봉사에 대한 공부를 하라는 말씀을 기억하고 《검은 원조》 같은 책을 보고 있어요. NGO에도 나가서 경험도 쌓고 있고요."

그렇다. 아름다운 스펙이란 바로 자아실현이고, 세상을 바꾸고 행복을 주는 열쇠다. 스펙 자체가 나쁜 것이 아니라 어떤 동기와 목표로 스펙을 쌓는지가 가장 중요하다.

이 학생처럼 세상을 위해 영어 공부를 한다면, 공부에 더 열정을 갖고 열심히 하게 되고, 자신의 목표도 분명해질 것이다. 결국 선한 동기와 목표가 합쳐질 때 아름다운 스펙이 되는 것이다.

이웃을 위해 몸과 마음을
다한 적이 있는가?

,

예전 모 회사의 프로젝트에 재능기부를 한 적이 있다. 내가 멘토링 할 4조는 대학생이 다섯 명 포함되어 있었다.

4라는 숫자에 긍정적인 의미를 알려주려고 "우린 그냥 4조가 아니라 불사조다"라고 했다.

그렇게 몇 개월을 불사조 아이들과 공부하며 지내다가 후임자에게 멘토링 업무를 넘기게 되었다.

나중에 후임으로 스위스에 계신 이윤주 박사님이 오게 되었다고 들었다.

그 즈음 페이스북에서 이윤주 박사님이 내게 친구 신청을 하며 말했다.

"학생들이 선생님 칭찬을 많이 하더군요. 그래서 학생들을 위해 멘토링 하신 자료를 봤는데 정말 열정적으로 하셔서 제가 잘할 수 있을지 걱정입니다."

이렇게 얼굴 한 번 본 적 없는 벗이 생겼다. 그것도 아름다운 여성 벗이다.

가끔 안부만 묻고 지내다 어느 날 면역 치료제 가격이 궁금해 물었다.

"박사님, 스위스에서는 면역 치료제 가격이 얼마나 할까요?"

그랬더니 "저 지금 프랑스입니다"라는 대답이 돌아왔다.

"아, 바쁘시군요. 알겠습니다. 천천히 알아봐 주셔도 됩니다."

이런 대화가 오고간 후 일주일 뒤에 연락이 왔다.

"선생님, 약 구했어요."

그저 가격을 알아봐 달라고 했을 뿐인데 벌써 구했다는 것이다.

깜짝 놀라서 가격과 계좌번호를 알려달라고 했더니 또 동문서답이다.

"댁으로 어제 보냈어요."

미안하고 고마웠다. 박사님은 이 약을 구하러 프랑스까지 가서 사온 것이다.

"뭐 하러 그렇게까지 하셨어요. 번거롭게 해드려서 죄송하네요, 박사님!"

"스위스 약보다 프랑스 약이 더 낫다고 하더라고요. 그래서 바람 쐬러 가면서 사온 거예요."

내 마음이 조금이라도 불편할까 봐 이런 이유도 만들었구나, 하는 생각이 들자 순간 노트북 모니터가 흐릿해졌다.

'고맙습니다, 사랑합니다'라는 말을 남기고 로그아웃했다.

그날 밤 생각했다.

'난 내 이웃을 위해 이처럼 몸과 마음을 다한 적이 있는가?'

부끄러운 밤이다.

잔을
비우다

,

"좋은 생각을 하며 좋은 물로 차를 마시게나. 좋은 음식 먹고. 그럼,
건강해질 거야."

이렇게 이야기해 준 분이 있다.

바로 김송배 선생님이다. 그분은 우리나라 사발 굽는 분야에서 독보
적인 분이다. 100개의 사발을 만들면 각기 다른 모양의 사발이 나오기
에 국내뿐만 아니라 그릇과 다기에 대해 잘 아는 일본과 중국에서 그
명성이 더 높다.

어느 날 그분이 잔 세트를 보내 주셨다. 큰 잔과 작은 잔 그리고 그
잔을 채울 수 있는 차까지…….

좋은 생각을 담고 차를 마시다가도 어느 순간은 무념무상의 시간

차를 마시면서 눈으로는
서서히 비어 가는 잔을 바라보며 생각한다.
·잔은 차를 채울 뿐만 아니라 생각을 비우게도 하는구나.·

속으로 들어가는 나를 본다.

차를 마시면서 눈으로는 서서히 비어 가는 잔을 바라보며 생각한다.

'잔은 차를 채울 뿐만 아니라 생각을 비우게도 하는구나.'

찻잔은 좋은 생각을 채우는 동시에 그 생각마저 비우게도 만든다.

김송배 선생님이 내게 해준 좋은 생각이 혹시 이런 것이 아닐까 조심스럽게 생각해 본다.

좋은 사람을 위한
고구마 타령

,

한국과학창의재단에서 주최하고 서강대학교에서 프로그램을 만들어 진행하는 교육 관련 포럼이 있다. 이 모임 덕분에 이혜원 선생님을 알게 되어 이런저런 조언과 격려를 받았다.

선생님은 더운 여름에도 인사동에서 가난한 이들을 위한 모금운동을 하고 4대강 개발 후 낙동강 오염에 따른 환경 문제에도 발 벗고 나서고, 소외된 아이들을 위해 재능기부를 하는 분이다.

오랜만에 그분을 인사동에서 만났다. 사실 밖에서 밥을 먹을 만큼 몸이 좋은 상태는 아니었지만 그래도 밥 한번 같이 먹고 싶은 분이기에 조금 무리했다. 그 무리가 행복으로 이어진다는 걸 잘 알기 때문이다.

6시에 만나기로 했지만 선생님의 학교 행사가 지연된 탓에 7시가 다

되어서야 만날 수 있었다. 들어오는 얼굴에 미안해서 어쩔 줄 모르는 표정이 역력했다. 사실 저녁 장사가 시작되는 6시부터 떡 하니 큰 상을 차지하고 앉아서 종업원 눈치를 보느라고 조금 곤혹스러웠던 것도 사실이다. 그나마 손님들이 별로 없어서 다행이었다.

식사를 하면서 선물로 보내 준 고구마에 대해 이야기했다.

"보내 준 고구마를 구워 먹을 때마다 선생님 생각이 나서 꼭 뵙고 싶었습니다."

사람들은 자신의 속이야기를 하는 데 주저하는 경우가 많다. 내 속을 다 드러내고 이야기했다가 그 이야기가 와전되거나 소문으로 퍼지는 것에 대한 두려움이 있고, 내 말을 들어주는 대상이 나를 이상하게 생각하지 않을까 불안하기 때문이다.

그런데 이 선생님을 만나면 기분이 좋아진다. 내 마음속에 말하기 힘든 생각까지도 믿고 내놓을 수 있기 때문이다.

항암제를 먹는 동안 갑자기 귀가 안 들리고 눈이 안 보일 때가 있었다. 아내에게 말도 못하고 어둠 속에서 이틀을 보냈다.

그때 선생님에게 전화를 해서 상황을 얘기하며 도와 달라고 부탁했다. 나 스스로도 이유는 알 수 없었다. 왜 부모님도 아닌 사회에서 만난 선생님에게 전화를 했는지 말이다.

선생님은 "알았다"라는 짧은 말만 하고 전화를 끊었다.

그러고 얼마의 시간이 지났을까? 아내가 할 말이 있다면서 차 한 잔을 가져왔다.

"한참 전에 이혜원 선생님과 손미숙 선생님이 '김성환 기금'을 모았다며 돈과 약을 주셨어. 이야기하지 말라고 했는데, 자기가 알고 있어야 할 것 같아서 말이야."

가슴이 먹먹해 왔다.

아내가 모르는 척하라고 해서 감사의 인사도 전하지 못했다.

그 후에도 두 선생님이 '김성환 기금'이라고 해서 나를 만나면 맛난 음식을 사주려고 한 달에 한 번 돈을 모으고 있다는 이야기를 들었다.

"컴컴한 어둠 속에 갇혀 절망과 외로움에 떨 때 따뜻한 손 내밀어 준 당신들이 있어 다시 일어설 수 있었어요. 저도 요즘 '선생님 기금'을 조금씩 모으고 있습니다. 만나면 맛난 거 사드리고 싶어서요."

사랑의
릴레이

,

사랑의 릴레이가 된 '정情 귤'. 말 그대로 귤을 주변사람들과 나눠 먹으며 정을 나누는 것이다.

나에게 정情 귤이 도착한 것은 국내에 있는 지인의 선물이 아니라 미국에 사는 진은희 님이 제주도에 계신 성중경 목사님에게 부탁하여 보내 온 것이다. 진은희 님은 페이스북 친구 중 한 분이다.

요 며칠 아는 분들의 작고로 마음이 너무 아파서 하루하루를 간신히 연명하는 마음으로 지냈다.

그러던 토요일 아침, 빨간 오토바이가 우리 집 대문 앞으로 오는 걸 보았다. 귤 상자가 내 이름으로 도착한 것이다.

받은 날 바로 감사하다는 인사를 드려야지 했는데 마음이 회복되지

않았다는 핑계로 늦게나마 죄송하다는 말과 고맙다는 인사를 함께 드
렸다.

목사님이 보내신 사랑의 릴레이 '정情 귤'의 의미를 되새기고자 마을
사람들과 나누어 먹었다.

귤을 맛보고는 모두들 맛있다고 한마디씩 했다.

"제주도에서 물 건너온데다 천연 조미료인 '정情'이 들어 있어서 그런
가 봅니다."

나도 간만에 기운을 내어 너스레를 떨었다.

귤을 먹을 때마다 온 집안과 내 마음에 상큼한 향기가 내려앉았다.

아팠던 상처가 사람의 향기로 치유되는 느낌이다.

부치지 못한
편지

,

태어나서 오늘처럼 조심스럽고 힘든 편지를 쓰는 것은 처음이다.

아는 분의 친구가 루게릭 병에 걸린 것이다. 그분은 아이들이 있는데 몹시 절망하여 산속에 숨어 지내려고 하고, 다른 이들을 만나면 눈물만 흘린다고 한다. 생각보다 진행 속도도 빨라서 루게릭 중에서도 안 좋은 형태로 진행되고 있다고 한다.

오늘 종일 인터넷에서 루게릭 병에 대해 알아보고 커뮤니티에 들어가서 루게릭 모임에 가입했다. 그분에게 인편으로 편지를 보내고 싶었기 때문이다.

'희망'이라는 이름의 두 통의 편지를 써야 한다. 그분에게 그리고 그분의 남편에게 쓰려 한다.

그러나 아직까지 쓰지 못하고 있다.

어떤 희망을 전달할지 몰라서 지금도 편지를 썼다가 지우기를 반복하고 있다.

"저도 희귀암을 가지고 있습니다. 병원에서 수술 성공률이 3퍼센트라고 했는데도 아직 살아 있습니다."

그 말까지 썼지만 그분에게 '당신에게 이런 희망이 있습니다'라고 감히 말할 수가 없어 연필꽁지만 괴롭히고 있다.

세상에서 타인에게 거짓 없는 진실한 희망을 주는 것이 얼마나 힘든지를 절절하게 깨닫는 날이다.

이 비가 그치기 전까지 다 쓸 수 있을지 모르겠다.

다정하게 오늘을 위로하는 것

,

3
. . . .

생의 끝에서
아프게 깨닫다

오늘 날씨는
맑음

,

일기를 쓸 때 항목별로 적는다. 아프고 나서부터는 항목을 좀 더 자세히 적으려고 노력 중이다.

예를 들어 예전 일기에는 없던 항목 중 하나가 음식이다. 항암 치료를 받을 때 가끔 특정 음식을 먹으면 몸이 고통스럽기 때문이다.

그동안 써온 일기 내용을 보면서 재미있는 한 가지를 발견했다. 그중 하나가 '오늘 기분 좋은 일'이란 항목에서 '아내와 함께 아침을 먹었다'란 표현이 눈에 띄게 많다는 사실이다.

'아, 아내와의 아침이 늘 나를 웃음 짓게 한 요인이구나!'

새삼스럽게 스스로를 인식하게 된 것이다.

도시에서 생활할 때는 서로 너무 바빠서 얼굴 보고 밥 먹는 시간이

고작 금요일이나 주말이었다.

그런데 시골 생활을 하면서 가장 기쁘고 즐거운 일이 바로 아내와 밥 먹는 것이 되었다.

왜 이제야 알았을까. 함께 음식을 준비하고 밥 먹고 하는 작은 일상이 가장 기분 좋은 일이란 걸······.

밥을 먹는 시간이란 밥을 만드는 과정까지 포함한다. 시작은 아침에 텃밭에 나가 이슬이 또르르 흐르는 상추와 가지 그리고 파를 뜯어 들어오면서부터다.

아내는 내가 이름도 잘 모르는 자신만의 양념 레시피로 반찬을 만든다. 그리고 다른 한쪽에는 압력밥솥에서 밥이 되어 간다는 신호로 기차소리가 울리면 불을 끄고 뜸만 들이면 된다. 고소한 밥 냄새가 아침 거실을 채우면 어느새 달콤한 반찬 냄새가 뒤따라온다.

식사를 준비하고, 밥상을 차리고, 마주앉아 이런저런 이야기를 나누는 시간은 더할 나위 없이 평화롭다. 단지 음식을 먹는 게 아니라 서로의 사랑을 먹고 행복을 나눈다.

살면서 우리는 행복해지려고 참 많이 노력한다. 행복해지려고 열심히 돈을 벌고, 평생 애쓰며 산다. 모두 아직 오지 않은 내일의 행복을 위해서일 뿐, 오늘의 행복은 미루고 있다.

생각해 보면 나 역시 도시에서 생활할 때 내일의 큰 행복을 위해 오

오늘 작은 행복의 씨앗을 심는 기쁨을 아는 사람만이
내일의 행복이라는 열매도 얻을 수 있다.
이즈음 아프게 깨닫는 사실이다.

늘의 소소한 행복을 희생하곤 했다. 늘 바빴고 해야 할 무언가가 많았다. 오늘 무엇을 누리고 무엇에 감사해야 할지 모르고 살았던 것이다.

행복한 내일을 위해 쉬지 않고 일하느라 하루하루를 피곤하게 보내고, 그 피로감이 쌓여 결국은 병에 걸리기 쉬운 몸과 마음을 만들고 말았다. 결국 나의 내일이 행복해질 수 없게 된 것이다.

오늘 작은 행복의 씨앗을 심는 기쁨을 아는 사람만이 내일의 행복이라는 열매도 얻을 수 있다.

이즈음 아프게 깨닫는 사실이다.

달팽이처럼
느리게, 느리게

,

요즘 내가 느끼는 행복 중 하나가 늦잠이다. 늦게까지 일어나지 않아도 되니 참 좋다.

서울살이를 할 때는 늘 잠이 부족했다. 회사에서 밤늦게까지 일하고 때론 집에까지 회사 일을 가지고 와서 새벽까지 일을 하곤 했다.

하지만 지금은 마치 나무늘보처럼 느리게 행동한다. 예전에 몰랐던 느림의 미학을 느낀다.

한낮에 산책을 하면서 손끝과 손가락 사이로 지나가는 초록의 바람을 느낀다.

내 발 뒤꿈치가 땅에 닿고 발바닥 그리고 마지막으로 앞발이 닿는 것을 느낀다.

또 눈을 감으며 코로 들어오는 공기의 맛을 보고 귀로 들어오는 바람소리의 간지러움을 인식한다.

느리게 산다는 것은 알고 있다고 생각한 것을 좀 더 깊이 인식한다는 의미가 아닐까.

몰랐던 것을 새롭게 안다기보다 '느림의 경청'에 대한 경험이 없어 인식하지 못했던 것을 느끼는 것이다.

밥 먹는 준비도 느리게 하고, 먹는 것도 최대한 천천히 한다.

아침에 밭에서 따온 상추와 고추 그리고 가지를 시원한 지하수로 뽀득뽀득 씻는다.

그러면 아내는 솥에 밥을 안친다. 솥 안에는 쌀과 버섯, 콩과 더덕, 은행과 스위스에서 이윤주 박사님이 보내 주신 쌀이 섞여 있다. 쌀은 UN에서 지정한 것으로, 영양소가 아주 높다고 하는데 이름이 어려워서 외우지 못한다.

솥 안에서 여러 가지 곡물들이 익어 갈 쯤 밥에서 김이 보글보글 올라온다. 밥 냄새가 집안을 온통 채우고 나도 채운다.

아내는 어제 이웃 어르신이 나눠 준 나물을 무친다. 신선한 나물의 향이 밥 냄새와 어우러져 특별한 향기로 살아난다.

고소한 참기름 냄새가 식욕을 돋운다.

이쯤 나는 장독에서 강원도 막된장을 내어 온다.

군대에서 배워 온 빨리 먹기 습관은 시골마을에 와서야 고칠 수 있었다.

아내와 서로 눈을 마주치면서 밥을 먹는다.

그릇을 다 비우고도 후식을 다 먹고도 바로 치우지 않는다.

밥을 먹으며 나누던 이야기를 마저 한다.

오늘도 느리게, 느리게 움직인다.

아내가 그런 느림에 가끔 웃으며 제동을 건다.

"아무리 그래도 달팽이처럼 꼼지락거리는 것과 삶의 느림을 구분했으면 좋겠어."

달팽이처럼 꼼지락거리면 어떠한가!

난 조금 더 느리고 싶은데…….

엄동설한
강인한 생명력

,

산골이라 새벽에는 겨울 추위가 깜짝 놀랄 정도다.

그런데 그 놀랄 만한 추위 속에서도 푸른 생명은 어김없이 춤을 춘다. 작은 이슬로 생명을 품고 햇빛의 반짝임으로 강인한 힘을 키우고 바람소리를 통해 자신이 살아 있음을 춤으로 보여 준다.

3일 동안 누워 있다가 오래간만에 일어나 새벽 공기의 상쾌함을 만나러 산책을 나갔다.

개울물이 흐르는 곳에 가 보면 하얀 눈이 개울물 위로 소금처럼 하얗게 만들어 놓았다. 그런 개울물 줄기 위에 누가 구멍을 뚫어 놓은 것도 아닌데 하얀 눈이 쌓이지 않은 곳이 있다. 어르신들은 그곳을 '숨구멍'이라고 한다.

놀랄 만한 추위 속에서도 푸른 생명은 어김없이 춤을 춘다.
작은 이슬로 생명을 품고 햇빛의 반짝임으로 강인한 힘을 키우고
바람소리를 통해 자신이 살아 있음을 춤으로 보여 준다.

개울도 생명이라서 숨을 쉬어야 한다는 것이다. 그래서 개울물이 입김을 '후우 후우' 하고 불고 지나가면 그곳에 숨구멍이 뚫린다는 것이다.

예전에 유독 겨울 산을 좋아해서 타다 보면 눈이 내린 산속 개울에 숨구멍을 자주 볼 수 있었다.

개울 줄기를 따라 돌아오는 길에 고라니를 보았다. 눈 속에 코를 박고 무언가를 열심히 찾고 있었다. 그가 하는 일을 방해하고 싶지 않아 조용히 발걸음을 옮기지만 녀석은 벌써 큰 엉덩이를 나에게 보이며 성큼성큼 저만큼 뛰어가 버린다.

호기심으로 고라니가 코를 박은 곳을 살펴보니 초록의 생명이 눈 사이에서 피어오른 것을 볼 수 있었다.

'아, 고라니는 벌써 냄새를 맡고 찾아낸 것이다!'

엄동설한의 강한 생명력을 본 순간, 입가에 잔잔한 미소가 번졌다.

'아, 추위를 견디고 언 땅을 뚫고 나왔구나!'

그 순간, 내 몸에도 생명의 기운이 전달되는 것 같았다.

이른 아침에 상쾌한 공기만 먹은 게 아니라 생명의 정기까지 들이켠 듯하다.

나도 모르게 움츠렸던 어깨가 활짝 펴졌다.

얼굴에는 미소,
마음에는 평화

,

이른 아침에 웃으면서 일어난다. 그런 다음 거실에 나와 창문을 열고 먼 산을 보다 눈을 감고 앉는다.

오늘도 이렇게 하루를 시작할 수 있게 허락한 신에게 먼저 감사 기도를 올린다.

아내와 나에게는 이렇게 맞이하는 아침이 늘 기적 같다.

깊은 호흡으로 이른 아침의 공기를 들이마신다. 순간 횡경막 주변과 등 쪽에 아주 강한 통증이 전달되었다. 이 통증 때문에 호흡명상을 시작했다. 숨을 깊게 들이 마실 때마다 느껴지는 고통 때문에 식사나 수면을 잘할 수가 없었다.

예전부터 책이나 강연으로 명상과 호흡법을 배웠지만, 그들이 알려

고집스럽게 붙들고 있던 생각이 사라지자 통증이 줄어들고

그 대신 마음이 호수처럼 평화로워지는 순간을 경험한다.

주는 방식으로 따라하는 것이 여간 힘든 게 아니었다.

그러던 어느 날 인연이 있던 학송 스님이 힘들어하는 내게 조언을
해주셨다.

"자네가 제일 편한 자세로, 오랫동안 피로가 쌓이지 않는 자세를 찾
아 그 꼴로 참선하시게."

그 말씀을 듣고 내게 제일 편안 자세를 찾아 명상을 시작했다.

나만의 자세로 명상을 하면서도 딱 하나는 지켰는데, 바로 허리만
은 꼿꼿하게 세우는 거였다. 물론 몸이 지독히 아픈 날에는 침대에 누
워서 하기도 했다. 길게 들이 마시고(들숨) 내쉬고(날숨) 하는 순간마다
살짝 멈추어 준다. 즉 들숨에서 날숨으로 넘어가는 순간 숨을 멈춘다.
날숨에서 들숨으로 들어갈 때 역시 숨을 멈춘다. 이 숨이 멈춰지는 것
또한 의식하는데, 하다 보면 자연스러워진다.

명상을 하던 중에도 머릿속에서 온갖 생각이 떠나지 않았다. 그때
는 억지로 피하려 하지 않는다. 많은 책과 강연을 보면 생각을 내려놓
으라고 충고하거나 쫓아가지 말라고 한다.

그런데 나는 생각을 끝까지 쫓아가 보는 편이다. 이것 역시 학송 스
님의 충고다.

"생각을 버리려고 하면 그 버리려는 생각 역시 생각이기에 계속해서
'버린다'라는 생각을 하게 된다네. 그러니 가볍게 따라가 보게. 생각도

끝이 있는 법. 그 끝을 따라가 보는 것도 좋은 참선 경험이라네. 그 끝에 다녀오시게."

그렇게 생각을 좇아가다 정말 더 이상 생각이 떠오르지 않는 상태를 알게 되었다.

그날부터 비로소 숨통이 트이기 시작했고 여전히 아프지만 예전처럼 숨을 못 쉴 정도의 고통은 서서히 줄어들었다.

그런데 나를 더 행복하게 한 것은 명상을 통해 덤으로 따라오기 시작한 것들이다. 바로 마음의 평화다.

고집스럽게 붙들고 있던 생각이 사라지자 통증이 줄어들고, 그 대신 마음이 호수처럼 평화로워지는 순간을 경험한다.

요즘은 그 순간을 길게 이어가기 위해 노력하고 있다. 투병 전에는 결코 알지 못했던 고요함이다.

'용서 받기'
전화

,

요즘 감정을 비우려고 노력하고 있다. 비움의 전제 조건 중 하나가 사랑과 용서일 텐데, 참 쉽지 않다.

최근 참선을 하면서 용서하는 것보다 용서받는 것이 더 힘들다는 사실을 알게 되었다. 용서는 내가 하면 되는 것이다. 그 대상이 알든 모르든 상관없이 내가 주체인 것이다. 내가 용서하면 된다.

그런데 용서 받는 것은 참으로 어렵다. 그 대상에게 먼저 손을 내밀어야 하기 때문이다. 용서의 주체가 내가 아니라 그로 바뀌는 순간 그의 처분만을 기다려야 한다.

더 늦기 전에 용기를 내었다. 우선 생각나는 이들에게 '용서 받기' 전화를 했다.

"그때는 죄송했습니다. 제가 어리석었어요."

이렇게 시작한 이야기에 그분은 다음과 같이 말해 주었다.

"이해하네. 그리고 생각해 보면 나 역시 미안한 짓을 한 거야. 나도 반성하네. 미안하네. 자네로서는 회사를 살려야 했고, 난 가정을 지키기 위해서 저항해야 할 위치에 있지 않았나. 자네 말 아직도 기억하네. 임원들이 이구동성으로 말단 직원과 생산직 직원을 사직시키라고 자네를 압박할 때, 자네는 임원 한 명 퇴사하면 말단 직원과 생산직 직원 30명이 근무할 수 있고, 30명에 가족 평균 구성원 4를 곱하면 120명이 사는 거라고 했었지. 자네 말이 맞았지. 그래서 그때는 자네가 제일 무서웠네."

"죄송하고 감사합니다. 언제 따뜻한 밥 한 번 사겠습니다."

그리고 마지막 용서 받기 전화를 한다.

당시 내게 용서해 달라고 했는데 내가 그 용서를 거절하고 받지 않은 분이 있다. 그분에게 어렵사리 전화를 했다. 그분이 내 이름을 부르면서 크게 웃자 비로소 마음이 놓였다.

마지막 통화를 마치고 나자 막혀 있던 가슴이 뻥 뚫리는 듯 속이 시원해졌다. 이렇게 쉬운데 왜 그렇게 오래도록 가슴에 독처럼 품고 있었을까.

그래서였을까. 가장 상처 입고 아픈 것은 나 자신이었다.

이렇게 쉬운데 왜 그렇게 오래도록 가슴에
독처럼 품고 있었을까.
그래서였을까.
가장 상처 입고 아픈 것은 나 자신이었다.

그 순간 깨달았다. 아직 용서하지 않고 있는 마지막 사람은 다른 누구도 아닌, 바로 나 자신이라는 사실을……

'오랫동안 마음속에 독을 품고 사느라 고생이 많았다. 이제 좀 편하게 쉬어도 괜찮아.'

시간은 견디는 게
아니라 창조하는 것

,

병원에 가면 늘 듣는 말이 있다.

"잘 버티고 계시네요."

"잘 견디고 계시네요."

그러나 난 견딘 적도 버티고 있던 적도 없다.

신은 인간에게 삶이란 소중한 시간을 부여했다. 그 시간을 내가 견디고 버틴다는 것은 너무나 소극적이고 부끄럽고 겸손하지 못한 행동이 아닐까 생각한다.

이 책 역시 나에게는 새로운 도전이다. 약에 대한 후유증으로 글을쓸 수 있을까 하는 나의 의지에 대한 도전이다.

아파서 누워 있기만 하면 더 빠르게 병에 잠식된다.

힘들더라도 일어나서 두 발을 굳건하게 내딛고 걷기 시작하면 없던 힘도 조금씩 생기고, 새로운 시간을 창조할 기운도 난다.

그냥 견디는 것이 아니라, 천천히 조금씩이라도 앞을 향해 나아가는 것, 그것이 삶에 새로운 힘을 불어넣어 주면서 우리 몸이 선순환하도록 돕는다.

아프고 난 다음 생일날이 되면 스스로에게 묻는 질문이 세 가지가 있다.

'첫째, 나는 1년 동안 무엇을 배웠는가?'

'둘째, 나는 세상에 좋은 배경이 되기 위하여 어떤 노력을 했는가?'

'셋째, 나는 그 노력과 배움을 이웃을 위해 나누었는가?'

첫 번째 질문에 대한 대답인 1년 동안 무엇을 배웠는가는 '인식'이란 경험을 통해 터득했다. 지독한 항암제와 수술로 말을 못하게 되어 글로나마 나의 마음과 생각을 표현하면서 '혀와 입술'이 얼마나 소중한지 처음으로 알게 되었다.

한쪽 다리에 찾아온 마비와 40킬로그램의 몸으로 바닥을 기어 다닐 수밖에 없었던 시간, '발가락과 다리'가 얼마나 소중한지 알게 되었다. 세 번의 호흡 곤란으로 '공기'와 '숨'이 얼마나 소중한지 뼈저리게 알게 되었다.

내년에는 부끄럽지 않는 생일을 맞이하고 싶었다.

그런데 스스로 쓴 '내년'이란 단어에 마음이 철렁한다.

하지만 나머지 두 가지 질문에는 아직 대답을 하지 못하겠다. 아내가 미역국을 끓여 준다는 말에도 그러지 말라고 한다. 미역국 먹기가 부끄럽기 때문이다.

내년에는 부끄럽지 않는 생일을 맞이하고 싶다. 그런데 스스로 쓴 '내년'이란 단어에 마음이 철렁한다.

예전엔
미처 몰랐던 것들

,

처음 희귀병 암 환자라는 선고를 받았을 때의 내 행동을 되돌아보았다. 쉼 없이 부정적인 생각으로 나를 구석으로 내몰며 분노와 좌절감에 괴로웠다.

하지만 내 처지를 비관하고 부정하던 순간이 지나고 마음이 고요해지자 희귀병을 가진 뒤 내게 어떤 긍정적인 점이 있을까를 생각하게 되었다.

우선 삶에 대해 깊게 생각하게 되었다. 그리고 다른 사람에 대해 좀 더 이해하려고 노력하게 되었다. 뿐만 아니라 암 환자 중 직장을 가지고 일하는 인력은 전체 암 환자 중 1퍼센트에 불과하다고 한다. 난 그 1퍼센트에 들어가는 삶을 살았다.

2013년 3월 이전까지 일을 계속했다. 물론 육체적으로는 힘들었지만, 암이 발병하기 전에는 몰랐던 것들이 새롭게 보이기 시작했다. 암환자가 되고 나서 좀 더 사람을 이해하는 폭이 넓어진 것이다.

물론 당연한 이치다. 암을 이해하려면 나 스스로를 알아야 한다. 나를 이해하게 되면 주변 사람들에 대해서도 열린 눈으로 따뜻하게 바라보게 된다.

지금 와서 내가 왜 암에 걸렸을까 생각해 보면 스트레스가 가장 큰 원인이지 않을까 생각한다.

그렇다면 대체 무엇에 그토록 스트레스를 받았을까? 바로 사람 사이의 관계였다. 사람 사이의 관계에서 나의 가장 큰 취약점은 지나치게 높은 윤리의식과 도덕성을 가지고 남을 판단한다는 사실이다.

그래서 늘 일이 아니라 사람 문제로 감정이 상할 때가 많았다.

요즘은 그런 나를 조금씩 객관적으로 보게 되었다. 그러면서 거울 속에 주변인들의 얼굴을 그려 넣기 시작했다. 그러다 보니 자연스럽게 그들의 말과 행동을 조금씩 이해하게 되었다.

어떤 일에든 빛과 그림자가 있듯이, 아픔 이면에는 삶에 대한 깨달음이 존재한다. 그리고 생의 마지막을 어느 정도 알고 있기에 어떻게 살아야 할지 헤매지 않고 곧장 달려갈 수 있다. 무엇보다 사랑하는 사람들을 위해 좀 더 시간을 내려고 노력한다.

마지막으로 나를 좀 더 사랑할 시간을 스스로에게 부여한다. 살면서 나를 사랑하거나 위로해 본 적이 별로 없다. 추구하는 가치와 목표를 향해 내달리기만 했을 뿐이다. 그랬던 내가 요즘 들어 스스로를 보듬고 사랑하는 시간을 보내고 있다.

자신을 사랑하는 사람이 다른 사람을 사랑할 줄도 안다.

나 역시 나를 사랑한 지 얼마 되지 않는다. 그동안 나는 자신보다 주변인들을 위해 희생 아닌 희생을 하며 살았다. 그러나 지금은 나를 위하여 글을 쓰고, 그림을 그리며, 노래를 한다. 또 명상과 산책 그리고 거울을 보면서 나 자신과 대화하면서 스스로 사랑하는 연습을 한다.

아침이면 거울을 보면서 심장에 오른손을 대고 내 이름을 불러본다.

"성환아! 난 너를 사랑해."

이 쑥스러운 의식의 효과는 무척 크다. 일주일만 해봐도 마음이 편해진다. 처음 며칠 동안은 거울을 보며 내 이름을 부를 때마다 많이 울었다. 그동안 바라봐 주지 않고 사랑해 주지 않은 나에게 미안하고 또 미안했던 것이다.

두 달이 넘은 지금은 거울 속의 나를 보며 많이 웃는다. 그러다 보면 어느새 진짜 행복이 찾아온다.

예전에는 미처 알지 못했던 기쁨이다.

사계절이 다
봄, 봄, 봄

,

산책이라고 말하기엔 정말 느린 산책을 했다. 다발성 신경염으로 다리에 마비가 있어 걷기는 힘들지만 조금이나마 건강에 도움이 된다고 해서 시작한 것이다.

우리나라는 1년을 사계절로 나눈다. 각 계절의 생김새는 참으로 곱고 개성이 있다.

봄은 생명이 움트는 시절로 모든 게 파릇파릇하다. 학생들에게는 연한 초록의 향기가 난다. 여름은 또 어떠한가. 온 세상을 푸릇푸릇한 색으로 칠하고 뜨거운 열정의 태양으로 달군다. 가을은 봄과 여름에 활짝 핀 꽃이 열매가 되어 나이 든 아낙의 가슴처럼 주렁주렁 열매가 매달리고, 세상에 뿌려진 오색 물감이 사람의 마음을 물들인다. 겨

언제나 봄인 생명의 고귀함과 엄숙함을 보면서
나의 숨줄에 초록의 피가 흐르는 듯이 느껴졌다.

울은 가을 내내 수확한 열매를 숙성시키는 계절이다. 낙엽으로 세상을 포근하게 감싸고 때로는 눈꽃으로 나뭇가지에 꽃봉오리를 만들기도 한다.

산책을 하면서 느끼는 사계절의 생명력이 경이롭기만 하다. 그리고 그 느낌을 한 줄로 표현해 보라고 하면 이렇다.

"자연은 언제나 봄이다."

봄에는 연초록의 생명력, 여름에는 초록의 활력, 가을에는 열매의 성숙미, 겨울에는 재생의 기쁨을 볼 수 있기 때문이다.

언제나 봄인 생명의 고귀함과 엄숙함을 보면서 나의 숨줄에 초록의 피가 흐르는 듯이 느껴졌다.

눈으로 봄을 보고, 코로 봄의 공기를 천천히 들이 마시며, 그 봄바람을 피부로 느끼고, 봄의 생명력을 먹으며, 봄의 공기를 호흡하는 소리를 듣는다.

오늘 아침은 그 봄을 신선한 샐러드로 만끽했다.

봄을 먹는 오늘 하루가 더욱 신선하다.

인연

,

사실 난 종교가 없다. 그런 까닭에 당연히 김수환 추기경님이 살아계실 때 미사에 참석해 본 적이 없다.

그런데 2001년경 일이다. 병원 한 구석에 있는 월간지에서 추기경님의 글로 짐작되는 한 문장을 읽게 되었다.

"인간을 소중히 여기도록 언론이 인간에 대한 사랑을 주도해 간다면 이 자리에서 큰절이라도 하겠습니다."

당시만 해도 나는 과도할 정도로 종교와 언론에 대해 비판적 사고를 가지고 있었다. 그래서 그런지 당당하게 세상을 향해 소신껏 말하는 추기경님이 참 대단해 보였다.

사실 그보다 앞서 내 마음을 울린 분은 추기경님의 형님이신 김동한 신부님이다.

경영난으로 쓰러져 가는 대구 결핵요양원을 인수해서 다리가 마비되고 시력을 완전히 잃은 그날까지 결핵환자들을 돌보다 돌아가신 분으로 알고 있었다.

어느 날 봉사 모임에서 김동한 신부님 이야기를 우연히 듣게 되자 반가운 마음이었다.

당시 나의 상황에 대해 간략하게 설명하자면 1차 암수술을 받았고, 회사 일을 하는 한편으로 교육 관련 봉사활동을 하고 있었다. 암 투병으로 육체적 고통이 극심한 때이기도 했다. 발바닥에 수많은 수포가 생겨 걸을 수 없는 상태였고, 입 안 수포 때문에 음식을 씹기 힘든 상황이었다.

모든 것을 포기하고 싶은 그때 김동한 신부님의 사랑과 선행은 큰 울림으로 다가왔고, 나를 일으켜 세우는 힘이 되었다.

그 뒤로 낮은 곳으로 향하는 김수환 추기경님의 모습을 눈으로 좇기 시작했다. 동일방직 여공들을 직접 찾아가 위로를 건네고, 불법 해고와 구속 입건에 대해 보도 한줄 없는 언론의 자세에 대한 책임을 묻고, 성매매 피해 여성의 쉼터인 '막달레나의 집'을 방문해서 위로와 격려를 아끼지 않는 모습들. 뿐만 아니라 상계동 철거민에 대한 관심과 사랑 그리고 비민주적인 시대적 고통과 아픔을 함께한 기도회와 '박종

" 교회의 높은 담을 헐고

사회 속에 교회를 심어야 한다. "

철 군 추모 미사'와 '민주화를 위한 기도회'의 전문을 보면서 진정한 하느님의 아름다운 종으로 사시는 모습에 감동이 밀려 왔다.

그 후 뉴스 미디어에 등장하는 김수환 추기경님의 이동 경로를 따라 작은 후원이나마 동참하면서 그분의 뜻을 따르고자 했다.

투병하는 와중에도 김수환 추기경님의 행보는 누워 있는 내게 큰 희망이었다.

그런 분이 선종善終에 드신 것이다. 나를 지탱하고 있던 큰 기둥이 뿌리째 뽑힌 듯한 느낌이었다.

내가 태어나기 2년 전인 1968년 서울대교구장 취임 미사에서 김수환 추기경님은 이렇게 말씀하셨다.

"교회의 높은 담을 헐고 사회 속에 교회를 심어야 한다."

교회가 사회 속에 사랑과 평화의 나무를 심어야 한다는 것이다.

아직도 그 말씀은 내 가슴을 뛰게 한다.

앞서 가신 두 분이 바라던 그런 세상을 위해 오늘 내가 할 수 있는 아주 작은 일이라도 하고 싶다.

그리운
법정 스님

,

지금보다 젊고 산도 잘 타던 시절, 전국에 있는 많은 절을 찾아다닌
적이 있다. 그 무렵 누군가 도시에도 좋은 절이 있다고 알려 주었다.
바로 성북동 길상사였다.

　다음 날 바로 찾아갔는데, 마침 법정 스님이 법문하러 오시는 날이
었다. 운좋게도 법정 스님을 먼발치에서 볼 수 있었는데, 스님의 강단
있는 눈빛이 좋았다.

　그 뒤로 길상사를 몇 번 찾아갔다. 그리고 다시 찾아간 날이 부처님
오신 날이었던 듯한데, 그날 법정 스님의 말씀을 처음 듣게 되었다.

　스님 말씀 중 지금도 기억나는 내용이 있다.

　"타인에게 헌신한다는 것은 내 자신도 구제받는 것이며, 이것이 바

얼마를 더 살지 알 수 없는
인생에서 남은 시간을 그처럼
부끄럽게 않게, 후회 없이 살아내고 싶다.

로 보살의 자세입니다. 베푸는 것은 수직관계가 아닙니다. 그래서 주는 것이 아니라 나누는 겁니다."

그동안 나는 타인에게 선을 베푼다고 하면서 '준다'라고 표현했다. 말은 그 사람의 마음을 드러내는 것인데 나에게 도움을 받으면서도 그분들은 얼마나 자존심이 상했을까.

고작 돈 몇 푼과 봉사라는 이름으로 함께하면서 내가 무의식적으로 그들을 수직관계로 바라봤다는 사실이 부끄럽고 죄송스러웠다.

2012년 추운 겨울 육신이 병고로 48킬로그램까지 말랐을 때 길상사를 다시 찾았다. 그곳 작은 찻집에서 대추차를 마시며, 스님이 암으로 고통받다 세상을 떠나셨던 기억과 내 고통이 겹쳐 눈물이 가슴 가득 차올랐다.

법정 스님의 잠언집 《살아있는 것은 다 행복하라》 중 '유서를 쓰듯'이란 글의 맨 마지막에 이런 구절이 있다.

'할 수만 있다면 유서를 남기는 듯한 그런 글을 쓰고 싶다. 언제 어디서 누구에게 읽히더라도 부끄럽지 않을 삶의 진실을 담고 싶다.'

얼마를 더 살지 알 수 없는 인생에서 남은 시간을 그처럼 부끄럽지 않게, 후회 없이 살아내고 싶다.

씁쓸한
전화

,

오늘 사회적 기업을 운영하고 있는 박대표에게 전화가 왔다. 젊은 친구가 의욕적으로 사업을 했는데 갑자기 그만두려고 한다는 것이다.

참으로 순박하다는 생각이 들 정도로 착한 친구인데, 사업을 그만둔다니 안타까운 마음이 들었다.

그 친구가 회사를 접는 이유야 여러 가지가 있겠지만, 그중 하나가 누군가 그의 아이디어를 도용해서 썼다는 것이다. 물론 도용이라고만 할 수는 없다. 그 친구가 생각한 아이디어에 멋지게 양념을 쳐서 세상에 선보였기 때문이다.

문제는 그의 배신감이었다. 그는 친구가 소외된 사람들을 위해 함께 무언가 하자고 해서 친구를 믿고 자신이 가지고 있던 모든 자료를 흔쾌히 보여 주었다고 한다. 믿음에 대한 배신에 충격이 더 컸던 모양이다. 그 친구에게 물었다.

"멋진 양념을 친 친구가 소외된 사람을 위해 그 아이디어를 쓰고 있나?"

그렇다는 대답이다.

그렇다면 그것만으로 행복하게 생각해 보라고 조언 아닌 조언을 했다. 그의 최종 사업 목적이 '소외된 이들을 돕는 것'이었고, 그것을 친구가 그의 아이디어를 빌려 보여 주었으니 결론적으로 박대표의 목적은 달성한 것이지 않느냐고 말이다.

"난 자네가 사업에 실패한 것보다 사람에 대한 믿음을 잃어버린 것이 더 마음 아프네. 그러니 그 사람 미워하지 말고 마음 편하게 먹고 밥 잘 먹고 다니게. 그리고 정 마음이 아프면 내가 있는 시골집으로 한번 놀러 오게."

그를 위로하면서 전화를 끊었다.

우리는 흔히 세상을 위해 좋은 일을 하고 싶다고 말한다. 그러다 보면 때로는 좋지 않은 일을 겪고 상처를 입기도 한다.

내게도 비슷한 경험이 있다. 내가 만든 사업 모델을 가지고 사업을 하는 분들이 있다. 때론 나의 사업 철학을 가지고 포장을 해서 돈벌이에 이용하는 분들도 있다. 심지어는 함께하자며 내 사업계획서와 아이디어만 빼가는 분들도 있다.

하지만 그런 분들이 하는 사업이 오래 가는 것을 보지 못했다. 사업이란 한 개인 또는 조직의 철학과 사상을 생산품이나 서비스로 고객에게 제공하는 것이다. 그런데 사업을 하는 당사자가 단순히 돈벌이를 위해 신뢰를 깨거나 약속을 어긴다면 당장은 성공한다 해도 장기간 지속하기는 어려운 것이다. 이것이 세상의 이치다. 물론 나도 배신감에 잠 못 이룬 적도 있다.

하지만 달리 생각해 보면, 나의 아이디어를 가지고 누군가 남을 도와주면서 이익을 낸다면 그것도 괜찮은 일이라고 생각해 볼 일이다. 물론 나의 주머니에 돈이 들어오지는 않겠지만 말이다.

가난하고 소외된 계층을 도우면서 돈을 버는 데 내 아이디어가 잘 쓰여 사회적 문제를 해결했다면 그 아이디어의 원천자로서 자부심을 가질 만하다.

죽은 뒤 묘비명에 "이 사람의 머릿속에는 좋은 아이디어가 참 많았음!"이라고 쓰면 뭐할 것인가.

좋은 아이디어가 그냥 묻히는 것보다는 세상 어딘가에서 잘 쓰이고 누군가를 행복하게 한다면, 어려운 이들을 돕겠다는 내 선한 의지도 함께 꽃피게 되지 않겠는가.

내 오랜 경험과 실수담을 들려주며 그의 축 처진 어깨를 다독인다.

사회적 기업을 꿈꾸는
청년들에게

,

투병생활을 이어 오고 있지만 가끔 몇몇 학교에서 청소년의 꿈에 대한
교육 강연을 요청해 올 때가 있다.

그때는 통증이 있긴 해도 규모가 크든 적든 거절하지 않는 편이다.

어느 날 사회적 기업을 꿈꾸는 학생들을 만나 이야기를 나눈 적이
있다. 사회적 기업에서 '이사'라는 직함을 가진 덕분이다.

그런데 이야기를 나누면 나눌수록 우리 앞에 놓인 현실이 녹록치가
않아 선배로서 안타까운 마음이 들었다.

실제로 청년들의 사회적 기업 제안서나 사업계획서를 평가해 보면
안타까운 마음은 배가 된다. 사회적 기업을 지망하는 사람들의 인식
이 아직 턱없이 부족하고, 현실적인 토대도 제대로 갖춰지지 않았기

때문이다.

심지어 현장에서 사회적 기업을 이끌고 있는 사람들조차도 기업가 정신이 부족한 것은 별반 다르지 않다.

포럼이나 세미나에 참석해 우리나라 사회적 기업가들이 하는 말을 들어 보면 정부나 시에서 경쟁력도 없는 제품을 일정 분량 사줘야 한다고 말한다. 대기업이 만든 제품이 가격이나 기능면에서 훌륭한데 왜 국민의 세금으로 경쟁력 없는 비즈니스 모델을 사줘야 한단 말인가.

구체적으로 제안서나 사업계획서를 검토하다 보면 문제는 훨씬 더 심각하다. 제안서에 버젓이 '얼마를 번다'는 것에 중점을 두거나 취업이나 고용에 대한 모델 정도를 제안하는 경우가 대부분이다. 지역 마인드에 정부가 만든 사회적 기업 모델을 끼워 맞춘 식이다.

반면 이웃나라 일본 젊은이들이 쓴 제안서의 두드러진 특징은 사회적 가치를 보고 쓴다는 데 있다. 그들은 보통 세상을 변화시키는 모델을 제안한다. 즉 글로벌 마인드에 가치를 부여해서 '함께하는 지구'를 꿈꾼다. 사회적 기업의 본래 의미를 잘 살리고 있는 것이다.

이런 새로운 가치를 담아낼 수 있을 때야 비로소 기존 사업 모델과 다른 진정한 의미에서 사회적 기업 모델이라 할 수 있다.

한번은 사회적 기업의 좋은 모델이 무엇이냐고 묻는 청년과 이야기

할 기회가 있었다. 그에게 답을 하기 전에 내가 다시 물었다.

"학생이 생각하는 좋은 모델은 무엇인가요?"

"돈 많이 벌고 소외계층을 돕는 것이죠. 예를 들어 소외계층에 있는 사람을 직원으로 채용하고 기부를 하는 거죠."

"그건 그냥 우리나라 정부 관료들이 말하는 사회적 기업 모델입니다. 진정한 사회적 기업 모델은 사회 혁신을 위한 모델이 되어야 해요. 예를 들어 대형마트가 소상인의 상권을 위협할 때 대형마트로부터 상권을 지킬 수 있는 모델이 필요한 거죠."

기부 문제도 청년에게 물었다.

"기부를 한다고 했는데 보통 어디에 하죠?"

"광고 등을 보고 재단이나 NGO 단체에 합니다."

흔히 세상에 좋은 일은 한다고 하는 사람들이 말하는 기부하는 형태를 따르고 있다.

그런데 기부를 할 때도 깊게 고민하고 공부한 후 행동해야 한다.

얼마 전에 아프리카 빈곤국을 도와주자고 해서 기부금을 모았다. 그해 말라리아로 죽어 간다는 아이들을 위해 모기장을 선물하였다. 그런데 이상한 일이었다. 아이들의 생명을 구할 수 있을 거라는 기쁨도 잠시. 어느 순간 점점 말라리아로 죽어 가는 아이들이 늘어나기 시작했다. 그 이유를 조사하다 보니 1년쯤 지나 모기장에 구멍이 생겼는데, 그 구멍을 메꿀 인력이 그 나라에 없었던 것이다.

그렇다면 그 인력이 예전에도 없었을까? 그렇지 않았다고 한다. 예전에는 그 나라에 모기장 관련 사업을 하는 사업가가 있었는데 모기장을 국가에서 무상으로 기부하자, 기존 모기장 관련 사업이 사라져버린 것이다.

결국 좋은 마음으로 모기장을 아프리카에 기부했지만, 그것이 지속 가능한 나눔과 기부 모델이 아니었기 때문이다.

사회적 기업은 혁신을 통해 소외계층을 도와야 한다. 그들이 자립하고 사회의 구성원으로 설 수 있도록 방법을 모색하는 것이다.

이러한 노력은 탁상공론으로는 해결하기 어렵다. 발로 뛰어야 하고, 무엇보다 사회적 기업에 대한 올바른 인식이 먼저 갖춰져야 가능한 일이다.

크리스마스에 자란
희망나무

,

죽고 싶을 만큼 아팠다. 살면서 이렇게 극심한 육체적 고통은 처음이었다. 숨을 쉬지 못 할 정도의 지독한 통증이 찾아왔다. 이래서 아픈 사람들이 자살을 하는구나 하는 생각마저 들었다. 나 역시 얼마나 많은 날 자살을 생각했던가!

크리스마스가 이렇게 육체적 고통을 치르는 날로 기억되다니 가족과 아내에게 너무나 미안했다.

병원 암센터에도 크리스마스 기분을 내기 위해 일명 '희망나무'라는 트리가 세워졌다. 나무에는 환우나 그 가족들이 소원을 적어 붙였다.

그 가운데 어느 암 환자의 아내가 쓴 글을 보는 순간 눈물을 멈출 수가 없었다. 단순하지만 절절한 마음을 담고 있는 그 글이 어쩌면 내

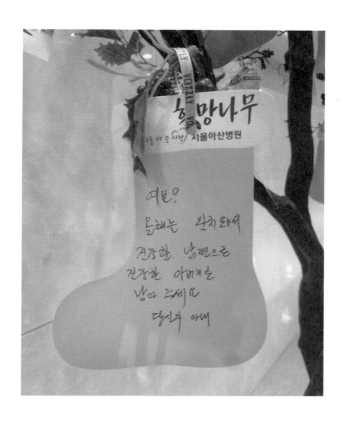

이 글을 보면서, 신앙도 없는 내가 신에게 기도했다.
'사람들을 사랑할 시간을 주시고,
주어진 것들에 감사할 시간을 갖게 하시고,
고통 속에서도 기도할 시간을 갖게 하소서.'

아내의 글처럼 느껴졌기 때문이다.

> 여보!
> 올해는 완치돼서 건강한 남편으로,
> 건강한 아버지로 남아 주세요.
> 당신의 아내!

이 글을 보면서, 신앙도 없는 내가 신에게 기도했다. 단지 살고 싶고, 아내와 가족 곁에 남아 있고 싶어서였다. 순간 고통 때문에 차라리 죽고 싶다고 생각했던 나약한 마음이 너무나 죄스러웠다.

내게 남은 시간이 앞으로 얼마인지는 알 수 없지만, 또 남은 날이 얼마나 고통스러울지 모르지만 꼭 지키고 싶은 세 가지 시간을 갖게 해달라고 희망나무 앞에서 기도했다.

'사람들을 사랑할 시간을 주시고, 주어진 것들에 감사할 시간을 갖게 하시고, 고통 속에서도 기도할 시간을 갖게 하소서.'

그리고 조용히 덧붙인다.

'매일 이것들을 실천할 수 있는 용기와 의지 그리고 육체와 영혼이 사라지지 않게 도와주십시오.'

어른이 된다는 것은
축복이다

,

CT를 찍기 위해 주사실에 들어갔다. 그때 아기가 엄마 품에 안겨 바늘을 손가락 끝으로 만지고 있는 모습을 보았다. 아기를 보는 엄마의 눈 주위는 벌써 빨간 단풍으로 물들어 있었다.

간호사가 아기의 팔을 잡고 혈관을 찾기 시작하자, 다른 간호사가 아기의 시선을 작은 장난감으로 끌고 있었다.

슬그머니 주사실에서 도망 나와 문 앞에 서 있었다. 도저히 지켜볼 수가 없었다. 어린 아기의 아파하는 소리와 엄마의 고통에 겨운 얼굴을 보고 싶지 않았다. 피할 수 있다면 피하고 싶었다.

입원해 진료를 받다 보면 소아암 병동을 지나갈 때가 있다. 어느 날은 네 살 정도 된 아이가 머리카락도 없이 앙상한 나뭇가지 같은 팔로

살아 있는 우리에게는 꿈을 꽃 피우지 못한 채
떠난 아이들의 몫까지 해내야 하는 책임이 있다.

키티 인형을 안고 휠체어에 앉아 있는 모습을 보게 되었다.

두 눈을 다 뜨지도 못하고 반만 뜨고선 한쪽으로 고개를 숙여 웃고 있는 모습을 보게 되었을 때, 나도 모르게 힘이 빠져 벽을 짚고 말았다.

낮엔 모자를 쓴 아이들과 햇살보다 더 환하게 웃으며 놀던 엄마들이 늦은 밤 아이들이 잠든 모습을 본 후에는 한 분, 두 분 울기 시작한다. 모두 이를 악물고 소리 없이 운다. 소아암 병동의 낮과 밤이다.

이곳 아이들에게는 묻지 말아야 질문이 있다.

"커서 어른이 되면 무엇이 되고 싶니?"

그들 대부분이 갈 수 없는 세상이 바로 '어른의 세계'이기 때문이다.

우린 너무나 당연하다는 듯이 어른의 세계를 살고 있다.

아픈 어린 아이들을 보며 어른이 되어 이 나이까지 살고 있음에 감사한 마음이 들었다. 그리고 그 아이들이 꿈꾸는 세상을 우리가 좀 더 열심히 살아 그들의 배경이 되고 다리가 되어 주어야 한다는 생각을 했다.

살아 있는 우리에게는 꿈을 꽃 피우지 못한 채 떠난 아이들의 몫까지 해내야 하는 책임이 있다.

내가
가야 할 길

,

같은 병을 앓고 있는 환우 한 분이 돌아가셨다. 그의 꿈은 가족이 평안하기를 바라는 것뿐이었다.

그는 암에 걸리고서도 가족을 위해 회사에 출근했다. 그러다 몇 개월 남지 않았다는 병원의 진단과 동시에 들어간 요양원에서 그렇게 죽었다.

그는 평소에 죽도록 걷고 싶어 했다. 그 소원을 이루지 못하고 요양원의 두 평도 되지 않는 침대 안에서 눈물을 머금은 채 세상을 떠났다.

같은 날 이성규 감독님이 돌아가셨다. 세브란스 병원에서 뵈었을 때 간암 수술 후 간성혼수의 초기 증세를 보였다.

그분의 소원 중 하나가 바로 당신이 만든 영화가 극장 안에서 상영

할 때 관객이 꽉 찬 모습을 보는 거였다. 그 소원이 이성규 감독님 지인들의 노력과 몇몇 기업의 도움으로 춘천에서 이루어졌다.

그리고 며칠 뒤 돌아가셨다. 그 미망인에게 전화를 했다.

"가지 못해서 미안합니다."

그 말을 채 마치기도 전에 전화기 너머로 흐느끼는 소리가 들려왔다.

"아이 아빠가 불쌍해요. 아무것도 못하고 돌아가셨어요."

순간 참고 참았던 눈물이 왈칵 쏟아지고 말았다. 이틀 동안 시골 방에서 하얀 벽만 바라보았다.

내가 죽으면 남을 아내가 가장 걱정되었다. 그래서 남은 시간 동안 아내를 위해 무엇을 해야 할지 생각했다.

그러다 얼마 전 어린 나이에 아버지를 암으로 잃고 자란 한 대학생에게 질문을 했던 기억이 났다.

"아버지가 살아생전 무엇을 해주었으면 좋았겠니?"

그 질문에 학생의 말은 간단했다.

"아버지가 가족을 위해서 무엇을 해주는 것보다 아버지가 진짜 좋아하는 것을 하고 돌아가셨으면 했어요."

그 대답을 듣는 순간 고故 이성규 감독님이 떠올랐다. 그분에게 말해 주고 싶었다.

"당신은 행복한 사람입니다. 그 많은 소원 중 꼭 이루고 싶은 소원

"아버지가 살아생전 무엇을 해주었으면 좋았겠니?"
그 질문에 학생의 말은 간단했다.
"아버지가 가족을 위해서 무엇을 해주는 것보다
아버지가 진짜 좋아하는 것을 하고 돌아가셨으면 했어요."

을 보고 돌아가셨으니까요."

하지만 얼마나 많은 환우들이 자신의 소원을 이룰 수 있을까. 같은 고통을 겪고 있는 사람들, 그리고 나 자신을 위해 희망을 선물하고 싶다는 생각이 들었다.

그래서 2014년 3월 '부산에서 서울까지 긴 산책'을 하겠다는 계획을 세웠다.

신은 3월을 생명의 기적으로 가득 채웠고, 난 그 기적을 희망이란 이름으로 잘 걷고 왔다고 전하고 싶었다.

아내의 반대가 가장 클 거라는 사실을 알고 있었다. 하지만 세상에 작은 희망의 불빛이라도 켜놓고 싶었다.

미약한 빛이나마 그 불빛을 보고, 환우들이 가슴에 품은 소원을 포기하지 않는다면 내 삶의 희망도, 보람도 커질 것이다.

,

4
· · · · ·

산책,
사람을 향해 걷다

봄,
산책을 떠나다

,

내 인생에 다시 오지 않을 것 같았던 3월이 찾아왔다.

10년 투병 기간 동안 많은 환우를 잃었다. 이제 혼자 살았다고 해도 과언이 아닐 만큼 주변엔 아무도 없다.

주변 환우들의 죽음이 주변 사람들에게 희망을 잃게 하고 얼마나 두려움에 떨게 하는지 모른다.

그들에게 희망을 주고 싶었다. 특히 고故 이성규 감독과 부산에서 서울까지 걷기로 한 약속을 지키고 싶었다. 그래서 3월에 부산에서 서울까지 길고 긴 산책을 하려고 계획을 세웠다.

예전 케이블 텔레비전에서 아내와 함께 봤던 영화에서 남자가 불굴의 의지로 불가능을 가능으로 만들고 돌아오자 연인이 포옹하는 장면

첫째, 나는 걸을 수 있고,
둘째, 나는 걸을 수 있고,
셋째, 나는 걸을 수 있다.

이 있었다.

　그동안 겪었을 남자의 고독과 슬픔 그리고 열정이 고스란히 그 짧은 포옹으로 연인에게 전달되는 것이 느껴졌다. 그 장면을 보면서 아내는 눈시울을 적셨다. 그런 감동의 순간을 아내에게 선물하고 싶었다.

　지금 긴 산책을 떠나기 전 내게는 세 가지 두려움이 있다.

　첫째, 암으로 인한 통증과 매일 먹는 항암제의 고통 속에서 걸을 수 있을까?

　둘째, 다발성 신경염으로 다리 한쪽에 마비가 오는데 그 먼 거리를 걸을 수 있을까?

　셋째, 아직 수술 후유증이 남아 있는데 걷는 게 무리가 아닐까?

　지금도 아내와 주변인들은 미친 짓이라고 한사코 말리지만 나의 답변은 한결같다.

　첫째, 나는 걸을 수 있고,

　둘째, 나는 걸을 수 있고,

　셋째, 나는 걸을 수 있다.

아내와의
3+1 약속

9

부산에서 서울까지 긴 산책을 하기 전 아내가 3+1 약속을 하자고 했다.
무슨 이야기를 할지 알기에 미루고 미루다 드디어 약속한다.

첫째, 아프면 돌아오기다.

이 말의 의미는 중도에 돌아온다고 해서 실패가 아니라 또 다른 시
작을 위한 실천이라고 생각하라는 것이다.

둘째, 아프면 돌아오기다.

자신을 더 이상 고생시키지 말라는 것이다.

셋째, 아프면 돌아오기다.

정말 보고 싶으니 하루 빨리 돌아오라는 의미란다.

그리고 +1은 '건강히 잘 다녀오라는 것'이다. 아내의 약속을 들으면

서 가슴이 뻐근해졌다.

나 역시 아내에게 말 못한 세 가지 약속을 마음속에 품고 부산으로 출발했다.

첫째, 나 없는 동안 외로워하지 말고 즐겁게 많이 웃으며 지내.

둘째, 긴 산책은 희귀병과 암환자들에게 희망을 주기 위해서니 그 목적을 꼭 이루고 돌아올게.

셋째, 건강하게 무사히 잘 다녀올게.

세 가지 약속은 부산에서 서울까지 무사히 도착하면 이야기해 주고 싶었다.

부산에
도착하다

,

부산역 도착 시간 오후 12시 41분!

설렌다. 그 설레는 자리에 마중 나온 김희동 대표가 보인다.

그는 늘 유쾌한 사람이다. 슬퍼도 유쾌하고 곤란한 상황이 되어도 유쾌한 사람이다. 그래서 나에게는 더 안쓰러운 사람이다. 인간은 슬플 땐 울고 기쁠 땐 웃어야 하는데 혹 너무 참는 것은 아닌가 싶기도 하다.

김대표를 처음 본 것은 일 때문이었다. 그는 교육을 통하여 스펙이 아닌 스토리로 취업하고 성공하는 세상을 만들어 보겠다고 세상에 도전장을 낸 사회적 기업 대표다.

그렇게 8년째 알고 지내지만 항상 변함이 없는 사람이다. 지금은 친구 같은 관계로 지낸다.

이 마중이 이토록 기쁜 것은 아마도 좋은 사람을 만난다는 행복감이 아닐까 싶다. 내가 생각하는 좋은 사람은 세상을 위해 일하는 선한 사람이다. 그런 사람이 오늘 마중을 나온 것이다.

서로에 대한 안부와 그간 못다 한 이야기는 저녁까지 이어졌고, 내일 출발을 위해 물금 근처에서 자기로 했다.

이번 긴 산책 코스를 선택할 때 고민이 많았다. 암환자이기에 경부선과 일반도로를 따라 걷는 것은 매연 등의 문제로 그리 좋은 코스가 아니라는 주변의 충고가 있었다. 내 생각도 같아서 자전거 도로를 선택했다. 그런데 이 선택이 긴 산책에 큰 고통을 줄 거란 생각은 출발 전에는 전혀 예상하지 못했다.

출발 전날 밤에 아내에게서 전화가 왔다.

"컨디션은 어때?"

"밥은 잘 먹었어?"

"내일 아침은 어디서 뭘 먹을 거야?"

"지금 있는 숙박시설은 좋아?"

"수족증후군으로 물집이 잡힌 발과 손은 괜찮아?"

온통 나에 대한 걱정으로 채워진 목소리에 하나하나 천천히 답했다.

그랬는데도 전화를 끊기 전에 아내는 이렇게 말했다.

전화를 끊기 전에 아내는 이렇게 말했다.
"힘들면 돌아오는 거다! 알지? 그렇게 하는 거!"
"걱정 마. 잘 다녀올게.
밥 잘 먹고 잘 놀고 있어, 알았지?"

"힘들면 돌아오는 거다! 알지? 그렇게 하는 거!"

"걱정 마. 잘 다녀올게. 밥 잘 먹고 잘 놀고 있어, 알았지?"

늦은 밤, 잠이 오지 않는다. 빛 없는 천장만 바라보며 눈을 깜박거린다.

그러다 일어나 창문을 열고 하늘을 본다.

별이 보인다.

어둠 속에서 물집 잡힌 내 발을 어루만진다.

그러다 어느새 꿈을 꾼다. 맨발로 하늘을 걷고 있었다.

발가락 사이로 별이 빠져나가면서 날 간지럽게 한다.

할아버지, 할머니와의
거래

,

양산 근처 물금에서 출발했다. 그런데 방향을 잘못 잡았다. 자전거 도로를 찾아야 하는데 걷다 보니 금곡까지 가게 되었다. 다시 말해 서울로 올라가야 하는데 거꾸로 남해바다 쪽으로 가고 있었던 것이다. 나도 모르게 이끌리듯 그쪽으로 걸었다.

산책을 시작하자마자 내가 원하지도 않는데 '연'이 생기기 시작했다.

할아버지 세 분께 길을 여쭤 봤다.

"어디로 가는데?"

"서울 가요."

할아버지는 깜짝 놀라 "어디?" 하고 다시 물었다.

"서울이요."

"어이쿠, 여기서 서울이 어디라고!"

걱정 반 응원 반 해주시며 길을 알려주셨다. 그러더니 주섬주섬 짐을 뒤져 쑥떡 한 덩어리를 건네 주셨다.

감사하다는 인사를 드리고 발길을 재촉한다.

드디어 낙동강 자전거도로에 진입하여 걸었다.

하늘은 깨끗한데, 바람은 춥고 매서웠다. 혹시나 해서 가져간 내복이 없었다면 많이 추웠을 것이다.

많은 사람들이 자전거를 타고 달렸다. 사람들과 뒤섞여 한참을 걷다가 쉼터에서 어느 노부부를 만났다. 할머니가 할아버지에게 뜨거운 차를 따라주는 모습이 참으로 곱다는 생각을 했다.

그때 할머니가 "차 한 잔 하려?" 하면서 나에게 말을 걸어 주셨다.

매서운 바람만 아니었다면 거절했을 것이다. 뜨거운 차 한 잔을 손에 잡고 호오 식혀 가며 한 모금 마셨다.

내 복장이 자전거 타는 사람처럼 보이지 않아서인지 할아버지께서 물어보셨다.

"어디 가는데 이 길로 가나?"

"서울이요."

앞서 만난 세 할아버지처럼 "어디?"라고 다시 물어보셨다.

"아니, 기차도 있고 비행기도 있는데 왜 걸어가나?"

할머니께서 걱정스런 얼굴로 말씀하셨다.

"아, 그냥 제가 아는 암 환우분들에게 희망을 주기 위해서 걷고 있어요!"

노부부는 살짝 놀라면서 할아버지도 '암'이라는 이야기를 꺼냈다. 그래서 매일 이렇게 자전거로 운동 중이라는 것이다.

굳이 밝히고 싶지는 않았지만 나도 모르게 말이 나왔다.

"저 역시 암을 가지고 있고 항암제를 먹으며 올라가는 중입니다."

그랬더니 더 놀라시면서 "대단하네"라는 말씀과 걱정 한보따리를 풀어 놓으셨다. 그리고 도중에 맛난 거 사 먹으라고 할아버지가 꼬깃꼬깃 접은 2만 원을 주셨다. 거절했지만 한사코 내미시길래 그 돈을 받고 할아버지 몰래 할머니께 5만 원을 드렸다.

안 받으려는 할머니께 "제가 드리는 게 아니라 제게 후원금을 주신 선생님이 이런 데 쓰라고 주신 돈이에요"라며 드리니 할머니는 얼굴이 발그레해지면서 억지로 받으셨다.

자전거도로는 길이 참 좋다. 갈대와 강물과 철길의 운치까지 어울림이 좋다. 하지만 걷는 사람의 입장에서 보면 일단 먹을 곳과 잠자리가 너무 멀었다.

정보에 보면 자전거 도로 바로 옆이라 생각되는데, 실제는 그와 많

이 달랐다. 경험을 통해 알고 있는 것과 책이나 인터넷을 통한 간접경
험으로 아는 것의 차이는 참으로 크다는 것을 배운다.
　갑자기 내일 산책길을 어디로 잡을지 고민된다.

두려워할 순간에
실천하기

,

황산강이다. 오전 8시 반부터 걷다 잠시 항암제를 먹고 쉰다.

삶에서 실천의 한걸음이 얼마나 중요한지를 또 한 번 느꼈다.

긴 산책을 하기 전에 좋지 않은 건강 때문에 아내에게 말은 안 했지만 내심 두려웠다. 그 두려움을 덜어 준 것이 아내와의 약속이었고, 어제 첫걸음을 떼면서부터였다. 첫걸음을 내딛는 순간 완주할 수 있을까 하는 두려움이 사라졌다.

인간은 두려움이 크면 클수록 용기 역시 커지나 보다. 한발을 내딛었을 뿐인데 두려운 만큼 용기가 생겼다. 실천하겠다는 마음과 행동은 나약한 인간에게 용기를 부여해 준다.

이 용기로 난 오늘도 두려움이란 어둠을 거둬내며 전진한다. 그리고 나의 첫발은 희망이다.

　내가 오늘 아픈 이들에게 희망이 되었다는 사실을 페이스북과 카페 글을 보고 알게 되었다. 희망은 일단 용기 내어 내딛는 첫발에서 시작된다.

　두려워할 순간에 실천하는 것이 두려움을 없애는 가장 훌륭한 길임을 깨닫는다.

걷고
또 걷다

오늘은 밀양역 근처에서 출발하여 지금은 상동역에 도착했다.

항암제 부작용 중에 하나가 손발에 물집이 잡히는 것인데, 걷다 보니 발에 물집이 더 잡히기 시작했다. 발이 주인을 잘못 만나 고생이지 싶지만 이왕이면 물집이 곱게 잡혔으면 좋겠다.

순간, 사진을 안 찍었다는 생각이 들었다. 걷는 중에 사진 한 장이라도 보내 달라는 아내의 부탁을 떠올린 것이다. 막상 찍고 보니 몰골이 형편없다.

다리의 통증을 덜 신경 쓰고 싶어 오늘은 자전거 도로가 아닌 국도로 다니면서 주변의 경관을 보면서 걷는다.

벚꽃이 예쁘게 피었고, 나비가 참 많다. 오늘처럼 주변 경관을 보면

"응, 내 육체가 더 이상 걸을 수 없을 때까지 걷고 싶다."
지치고 지쳐서 더 이상 걸을 수 없을 지경에서야
하루 걷기를 멈추고 싶었다.

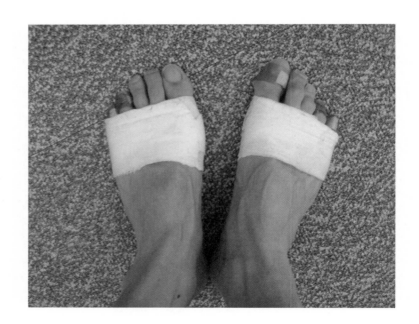

서 걷는 여유가 얼마나 이어질지 모르겠다.

과연 이 발로 오늘은 어디까지 갈 수 있을까.

친구가 전화를 걸어 묻는다.

"하루 동안 얼마나 걸을 거냐?"

"질문을 다시 해줘라. '얼마나 걷고 싶으냐?'고."

"그래, 얼마나 걷고 싶은데?"

"응, 내 육체가 더 이상 걸을 수 없을 때까지 걷고 싶다."

지치고 지쳐서 더 이상 걸을 수 없을 지경에서야 하루 걷기를 멈추고 싶었다.

이번 긴 산책을 육체적 수행으로 받아들이고 싶었다. 내 육체 안에 있는 암으로 인한 고통을 걷기를 통해 잊고 싶었고, 인간의 의지로 육체적 고통을 이겨낼 수 있다고 증명하고 싶었다.

긴 산책,
긴 하루

,

3월 22일, 청도역까지 가는 것이 목표였다.

가는 길에 딸기밭 주인에게 "청도역이 얼마나 남았나요?"라고 물었다. 그러자 딸기밭 주인이 나를 잠시 쳐다보더니 말했다.

"한 2년 전에도 자네 같은 사람이 똑같이 물었었는데……."

"저 같은 사람이라뇨?"

"자네처럼 까만 얼굴에 삐쩍 말라서 눈만 살아 있었지."

이야기를 더 듣고 보니 개그맨 이홍렬 선생님이었다. 그분은 2012년 부산에서 서울까지 30여 일 동안 도보로 610킬로미터를 걸으며 모금을 해서 제3세계 어린이들에게 자전거를 기부한 적이 있다고 한다.

웃음이 나왔다. 다른 시간대의 이야기지만 같은 경험을 하고 있다는 것이 신기하기도 하고 재미있기도 했다.

딸기밭 주인이 어디서 자냐고 물었다.

"민박이나 찜질방에서 잡니다."

"청도역에는 없네. 용암 온천에 가면 민박이 있으니 온천 가서 짐을 풀고 그곳에서 자는 게 좋을 거야."

솔깃한 정보였다.

"용암 온천까지는 먼가요? 어르신!"

"아니, 그리 멀지 않아. 청도역에서 조금만 가면 돼."

그래서 용암 온천까지 갔다. 그런데 청도역에서 얼마 멀지 않다니, 50킬로미터 이상을 걸었다.

이 용암 온천이 있는 자리가 바로 내일 지나가야 할 남성현역이다. 걷고 또 걸어서 드디어 용암 온천에 도착해 민박을 찾으려고 주변을 세 바퀴나 돌았다.

무턱대고 어느 아주머니에게 민박집이 근처에 있느냐고 물었더니 이 지역에 모텔이 생겨 민박이 사라졌다고 한다. 할 수 없이 모텔을 알아봤는데, 웬걸 다 차고 빈방이 없단다.

점점 주변은 어두워지고 3월의 밤공기는 매섭게 파고들었다.

저 멀리 불빛이 보이는 시골마을로 더 들어갔다. 마을 이장님을 찾았는데, 출타 중이라고 한다. 마을 아주머니가 딱하다면서 마을회장님

댁에 나를 데리고 갔다.

나는 자초지종을 이야기했다.

"암환자들에게 희망을 주고 싶어 부산에서 출발했습니다. 아랫동네에 잘 곳이 없어서 이렇게 실례를 무릅쓰고 부탁합니다. 마을회관이 힘드시면 그냥 바람 정도만 피할 수 있는 곳이면 아무 곳이나 좋습니다. 물론 하루 유숙 비용은 드릴게요."

마을회장님이 내가 약간씩 다리를 절며 다니는 것을 보았는지 이렇게 말했다.

"다리가 많이 불편한가 보네."

그러고는 다리 좀 보자고 해서 양말을 벗고 붕대감은 다리를 보여 드렸다. 그것을 보더니 혀를 찼다.

"아프겠네. 뭘 사서 고생하나. 오늘 자고 내일이라도 요 역에서 기차 타고 서울 가시게."

그러면서 자신을 따라오라고 하더니 마을에서 가장 어두운 곳으로 안내하더니 도망쳐 버렸다.

황당했다. 내 다리가 불편하기에 따라올 수 없다고 생각하고 도망친 것이다. 처음부터 이곳에서 재워 줄 수 없다고 하면 될 텐데, 기운이 빠졌다.

할 수 없이 동네교회로 갔다. 안에 사람의 그림자가 보여 소리를 질러 보았지만 아무런 대답도 없었다.

다리 건너 윗동네를 찾아갔다. 주변은 완전히 어두워졌고, 추위는 더 심해졌다. 동네 몇 집의 문을 두드려 봤지만 어느 집도 대답이 없었다.

노숙을 해야 하나 생각할 때 다행히 작은 절이 보였다. 용기를 내어 절 안으로 들어가 하루 유숙할 수 있느냐고 스님께 여쭤 봤다. 처음엔 거절을 하셨다. 여긴 비구니만 있는 절이라 불편하시다고 했다.

영화 속에 나오는 장화 신은 고양이처럼 불쌍한 눈을 하고 긴 산책을 떠나온 과정을 말씀드렸다.

내가 안쓰러웠는지 스님이 잠깐 기다려 보라며, 큰스님께 여쭤 보고 오겠다고 했다.

10분이 지나고 15분이 지났을까, 밖에서 초조하게 기다리면서 속으로 노숙할 결심을 했다. 20분 정도 지나서야 스님이 웃으면서 방 안으로 들어오라고 손짓했다.

"오늘 여기서 하루 지내시라고 하시네요."

한순간에 긴장이 풀리면서 피로가 밀려오고 목이 말랐다.

그런 내 마음을 읽기라도 한 것처럼 스님은 어느새 따뜻한 차를 큰 잔에 가져왔다.

"추우니 어서 이 차를 드세요."

나는 "감사합니다, 감사합니다"란 말만 앵무새처럼 반복하고 있었다.

살면서 이처럼 따뜻하고 맛있는 차를 마셔 본 적이 있었던가. 몸만 녹는 게 아니라 그동안 걸어오면서 쌓여 있던 온갖 것들이 순간 차에 다 씻겨 나가는 기분이 들었다.

차를 마시고 방에 누우려는데, 스님이 떡과 차 그리고 과일을 가져 왔다. 늦은 시간 폐를 끼치는 것 같아 죄송해서 손사래를 치며 괜찮다 고 하니 스님이 미소 지으며 말했다.

"배고프실 텐데 좀 드세요. 그리고 아침에 꼭 공양하시고 큰스님께 인사드리고 가십시오."

따뜻한 방에서 밤새 피로를 풀고, 이른 아침 큰스님을 찾아뵈었다.

큰스님은 나를 보고 웃으며 말씀하셨다.

"한 10년 전 이맘때 한 청년이 절을 찾아왔었지. 중생을 위해 기도 하며 경상도를 돌고 있다면서 하루 유숙을 부탁했는데, 자네하고 비 슷하게 생겼었네."

10년 전 하룻밤 묵고 떠난 사람이 나와 닮았다는 것과, 다른 사람 들을 위해 길을 떠났다는 이야기에 본 적도 없는 그 사람이 왠지 가깝 게 느껴졌다.

인사를 하고 법당에 들러 절을 하고 하루 유숙 비용을 부처님 앞에 내놓았다.

절을 나서서 남성현역 바로 윗산을 넘으며 지난 밤 날 버리고 도망간 마을회장 할아버지를 생각했다. 그분이 미워지거나 화가 나지는 않았다.

어젯밤 마을회장 할아버지는 단순히 나에 대해 '불선'을 행한 것뿐이다. 나에겐 선하지 못했지만 그분의 자식이나 손주들에겐 더할 나위 없이 선한 아버지요, 할아버지일 테니 말이다.

또한 만약 그때 마을회장님이 나를 그 어두운 곳에 버리지 않았다면 그리고 교회와 윗마을 한집이라도 문을 열어 주었다면 그 스님과의 인연은 없었을 것이다.

누군가 했던 말이 어렴풋이 생각난다.

"인생은 빛과 어둠의 공존이요, 행복과 불행의 끝나지 않는 윤회 속의 봄과 겨울이다."

나는 이 여행길에서 그 말이 꼭 맞다는 것을 매순간 확인하고 있었다.

안부를 묻는
사람들

,

이번 긴 산책을 하면서 내 안위를 걱정하거나 응원하기 위해 매일 안부를 묻는 사람이 세 명 있다.

한 사람은 아내다. 시도 때도 없이 전화나 메신저를 통해 꼼꼼히 내 상태를 물어오고 응원을 해주고 있다.

그 다음으로는 학송 스님이다.

"지금 쓰고 있는 책만 아니면 내려가서 자네랑 함께 걷고 있을 거야."

이렇게 응원하는 전화와 문자를 매일 보내 온다.

마지막으로 김희동 대표다. 매일 아침 제일 먼저 전화하는 멋진 부산 사나이다. 전화를 받자마자 그가 하는 말이 있다.

"어디냐?"

"조심해라."

"밥은 꼭 먹고 다녀라."

"잠은 잘 잤냐?"

이렇게 세세하게 챙긴다. 누가 보면 사귀는 사이라고 생각할 정도다. 과연 누가 이렇게 순수한 마음으로 아침저녁으로 위로와 격려의 말을 해주겠는가.

아직 얼마나 생명이 남아 있는지 모르겠지만 지금까지는 잘 살았다는 생각이 들었다.

우연한 만남,
긴 여운

,

숙박은 대부분 찜질방에서 했다. 그 이유는 여행 경비에 대한 부담을 줄이고, 오랫동안 걸은 몸을 씻고 충분한 휴식을 취하고 싶어서였다.

동대구역에서 좀 걸어가면 시장이 나오는데, 그 근처 찜질방에서 묵었다.

어떻게 옷을 벗고 어떻게 욕실 안에 들어왔는지 모르겠다. 눈을 감고 한참 이벤트탕에서 몸을 풀고 있었다.

그렇게 30~40분이 지났을까, 한 남자가 들어왔다. 몸은 말랐는데 배는 임신한 것처럼 불룩 나온 것이 눈에 띄었다. 남자의 모습은 온몸에 암이 전이되었던 1년 전 내 모습이었다.

그런 몸으로 걸을 수 있는 게 대단하고 다행이라는 생각이 들었다.

내가 이 남자의 모습일 때는 두 팔과 두 다리로 바닥을 기어 다녔다.

그는 주위의 시선이 부담스러운지 욕탕 안으로 재빨리 들어갔다.

조금 시간이 흐르고 난 뒤 내가 먼저 다가가 물었다.

"혹시 어디 아프세요?"

아무 대답이 없었다. 묻는 내가 머쓱해질 정도였다. 그래서 탕 안에 잠긴 내 배에 있는 길고 큰 수술자국을 보여 주며 말했다.

"저도 얼마 전에 많이 아팠습니다."

그제야 "어디가요?"라며 조심스럽게 물어왔다.

"암환자입니다."

그러자 그가 고개를 끄덕였다. 잠시 말없이 있더니 자기 이야기를 시작했다.

"대장암으로 시작해서 지금은 여기저기 전이가 되었어요. 이제 얼마 남지 않은 것 같습니다."

말없이 고개를 끄덕이면서 남자의 이야기를 들었다. 누구보다 그 고통과 심정을 잘 알기에 한마디 한마디가 다 내 이야기 같았다.

"저는 선생님보다 더 마르고, 걷지도 못했고, 배도 선생님만큼 나온 적이 있었습니다. 제가 가진 병은 GIST라는 희귀암이에요. 지금 10년째 투병 중입니다. 그런데도 긴 산책이란 여행을 하고 있습니다."

내 이야기가 끝나자 그가 서울사람이냐고 물었다.

"네, 그런데 선생님은 어느 병원에 다니세요?"

"지금은 집에서 요양 중입니다."

'집에서 요양 중'이라고 말할 때 그의 눈에서 절망을 보았다.

집에서 요양 중이라는 말은 치료나 수술을 포기하고 하루하루 살고 있다는 뜻이다. 무언가 위로나 힘이 되는 말을 해주고 싶었다.

"그래도 선생님은 지금 걸어 다니시고 저보다 체력도 좋으신 것 같아요. 연세도 50대 초반이면 수술도 가능할 거예요. 아까 말씀드린 것처럼 저는 선생님보다 더 안 좋은 상황에서도 이렇게 살아서 돌아다니고 있지 않습니까! 포기하지 마시고 서울에 있는 ○○병원과 ○○병원에 가보시면 좋은 이야기가 나올 듯합니다."

말없이 나를 바라보는 남자에게 물었다.

"혹시 아내가 있으신가요?"

그가 고개를 끄덕였다.

"많이 사랑하세요. 그래야 혹시 내가 죽더라도 혼자 남은 사람이 행복하게 살 수 있다고 합니다."

그 눈에 눈물이 글썽였다. 순간 나도 모르게 아내가 생각나 눈물이 났다.

이야기를 마치고 남자의 등을 시원하게 밀어 드렸다. 목욕을 마치자 그는 내 손을 꼭 잡으며 "고맙습니다, 건강하세요"라고 했다.

그의 목욕가방에 후원금을 몰래 넣어 드렸다.

"서울에 있는 병원에 꼭 가시고, 사랑하세요."

내가 인사를 건네자, 그의 마른 얼굴이 나를 향해 웃었다.

나도 환하게 웃었다.

사랑하는
아내에게

,

오래간만에 아내에게 전화를 걸어 긴 통화를 했다. 아내의 목소리를 듣는 순간 눈물이 나서 혼났다. 멀리 떨어져 힘겨운 시간을 보내서인지 하루 일과를 마친 저녁이면 아내가 너무나 보고 싶었다.

전화를 끊고 자리에 누웠는데 잠이 오지 않았다. 아내에게 편지를 썼다.

편지를 쓰려고 하니 손가락이 떨려오네.

참으로 눈물 많고 가슴 아픈 일 많은 나에게 시집와서 같이 많은 눈물 흘리고 가슴 아파하게 해서 미안해.

예전에는 다시 태어나면 당신과 결혼해서 당신이 내게 해준 만큼 잘하려고 생각했지만, 시간이 지나고 보니 다시 태어나면 당신과 결혼을 하면 안 될 것 같다는 생각이 들었어. 당신이 나를 만나 아프면 안 되기 때문이지.

만약에 내가 다시 태어나면 당신을 위해 기도하는 수도자가 되고 싶어.

당신의 행복, 당신의 웃음을 위해 늘 기도하고 당신의 슬픔과 눈물을 내가 대신 마시며 지켜 주는 사람이 되고 싶어.

내 아마도 전생에 큰 잘못을 저질렀고 또 큰 깨달음을 얻었던 것 같아. 큰 잘못으로 이리 아픈 것이고 큰 깨우침으로 당신을 만난 것이 아닌지……

나의 죽음을 늘 눈앞에 두고 살아가야 하는 당신을 보면 참을 수 없이 가슴에 물결만 요동치는데, 그만큼 사랑하고 기쁨을 줘야 하는데, 늘 모자라기만 한 나를 용서해 줘.

내 꿈은 당신을 위해 예쁜 빵가게를 선물하는 거야.

당신은 분명 멋지고 아름다운 파티쉐가 될 거라 믿어.

당신이 만든 맛있는 과자와 케이크를 주위에 선물하고 나누려는 그 마음이 이미 멋진 파티쉐의 자격을 갖추고 있기 때문이야.

당신을 사랑하기 잘했고 함께하기를 잘했지만, 그래도 내가 사랑하지 않고 함께하지 않았다면 당신은 참으로 행복하고 아름답게

살아갔을 텐데⋯⋯.

그래서 나는 미안하다는 말만 되풀이하는 앵무새가 되어 가고 있어.

그래도 남은 시간 내가 할 수 있는 것은 이 한 가지겠지.

사랑해.

　　　　　　　　　　—당신의 작은 양말까지도 사랑하는 신랑이

눈이 큰
두 여인

,

새벽 일찍 일어났다. 다른 날보다 예뻐져야 한다. 대구역에서 페이스북 친구인 최은경 선생님을 만나기로 약속했기 때문이다. 그것도 이른 아침에!

대구역에서 아침 일찍 만난 최은경 선생님은 페이스북을 통해 사진과 글로 이야기를 나눠서인지 어색하지는 않았다. 우리를 정말 어색하게 한 것은 이른 아침이라 식당이 아직 문을 열지 않아 참으로 많이 걸었다는 것이다.

어렵게 찾은 시장에서 밥집을 찾아 들어갔다. 서울의 명동이라 불리는 대구 중심가인데도 친근하고 서민적인 작은 밥집이 참 마음에 들었다. 좋은 분과의 아침식사 때문이 아닐까 싶기도 하다.

오후부터 비가 내린다는 뉴스에 긴 이야기를 못 나누고 식당을 나섰다. 길을 나서는 나에게 기념사진 한 장이라도 찍어야 한다고 해서, 대구에서 제일 오래되었다는 제일교회 앞에서 사진도 찍었다.

기념사진을 찍고 길을 걷는데 갑자기 최은경 선생님이 먼저 앞서 가시더니 "여기요, 여기"라며 어딘가를 가리킨다. 봤더니 '낭꼬'라는 낭만 고양이가 그려진 카페다.

이곳 주인과 최은경 선생님은 서로 아는 사이였다. 카페 주인은 오늘 그냥 일찍 카페 문을 열었는데 손님이 올지는 몰랐다면서 자리를 안내해 주셨다.

그런데 안타깝게도 허브차가 없었다. 내가 설탕이 들어간 음식을 못 먹기 때문이다.

차 대신 나는 카페를 찬찬히 둘러보았다. 잠시 둘러보았지만 참 예쁘게 장사를 하시는 것 같았다. 수제차와 쿠키를 파는데 손님의 건강을 위하여 설탕을 최소화하고 대신 천연 재료를 넣어 단맛을 낸다고 한다.

카페에 대해 설명하다가 갑자기 주인이 사과를 먹겠냐고 물었다. 나도 모르게 마음속으로 탄성을 질렀다. 어제부터 정말 사과를 먹고 싶었기 때문이다.

동대구에 오자마자 예전 같으면 숙박할 찜질방을 찾았겠지만 이번에는 시장에 들려 사과를 찾았다. 그런데 사과를 한 개씩 파는 곳이 없었다. 보통 대여섯 개 묶음으로 팔았다.

어느 과일가게에 들러서 다섯 개에 5천 원 하는 사과 한 개를 1천원에 파실 수 있냐고 물어봤지만, 그렇게는 팔지 않는다고 한다. 다른 가게에 갔는데 마찬가지였다.

꿀맛 같은 사과를 눈앞에 두고 아쉬운 마음으로 돌아설 수밖에 없었는데, 드디어 소원이 이루어진 것이다.

아쉽지만 다시 걸어야 하는 시간이다. 짧은 만남을 뒤로 하고 배낭을 둘러메고 길을 나섰다.

걸어가는 동안 가천역에서 잠시 쉬었다. 소박하고 작고 아름다운 시골역이었다. 역직원이 무인역이라는 말과 함께 주변을 소상히 알려 주었다.

신동에 가면 숙박시설이 있고, 7킬로미터 정도 거리라는 직원 말을 믿고 천천히 걸어 목적지에 도착했다. 신동역 근처 마을에 이르러 역 주변에 민박이나 숙박시설이 있냐고 물어보았는데 없다고 한다.

낭패다. 천천히 걸어서 이곳까지 왔기 때문에 다른 곳을 가기에도 시간이 없었다. 심지어 하늘을 보니 검푸른 먹구름이 몰려오기 시작했다.

그런데 왜관까지 가야 잘 곳이 있다고 한다. 약 10킬로리터 이상 가야 했다.

　작은 국도표지판을 보니 1킬로미터마다 알림판이 있었다. 조금 속도를 내서 걸어 보았더니 약 15분당 1킬로미터다. 시내까지 15킬로미터 잡으면 총220분. 다리에 마비만 없다면 조금 무리하더라도 어둡기 전에 그리고 비가 오기 전에 가능할 것도 같았다.

　좀 걷다 보니 하늘은 언제부터인지 검은 연기를 모아 비를 뿌리기 시작했다. 점점 비에 젖은 생쥐 꼴이 되어 가고 있었다.

　빗속을 걷다 보니 힘이 두 배로 들었다. 다리가 서서히 감각이 없어지기 시작했다.

　마비다. 약 3킬로미터 정도만 가면 되는데 움직일 수가 없었다.

　점점 빗살은 강해지고 어둠은 산 넘어 다가오고 있었다.

　비가 오지 않는다면 최악의 경우 길에서라도 잘 수 있는데 비가 내리니 점점 마음이 무거워졌다.

　동대구에 도착할 때 오른쪽 다리로 걸어 도착했지만 오늘은 그 오른쪽 다리마저 걸을 수가 없었다.

　그래도 멈춰 서서 가만히 있으면 체온이 떨어지고 더 걸을 수 없을 것 같아 달팽이처럼 꼼지락거리면서 천천히 걸었다.

　그때 버스 정거장도 아닌데 버스 한 대가 빵빵 클랙슨을 울리며 다가왔다.

전두엽 이성의 뇌가 중뇌인 본능의 뇌에 무릎을 꿇었다.

어느새 내 발은 나도 모르게 버스에 올라타고 있었다.

타고 나서 두 가지 생각이 동시에 나를 지배했다. 하나는 살았다는 생각에 버스 운전사에게 감사한 마음이었고, 다른 하나는 내 스스로 마지막까지 걷지 못하고 고민도 없이 버스가 서자마자 바로 타 버린 간사한 마음에 대한 질책이었다.

가끔 살다보면 이런 마음 때문에 힘들었는데, 그 마음이 오늘 또 나를 찾아왔다.

내일부터는 역 주변에 가면 숙식이 해결될 거라는 생각을 하지 말고, 예상되는 길 주변을 먼저 검색해 보고 걷기로 한다.

허기가 져 빗속에서 카페 낭꼬 주인이 선물로 준 작은 사과를 꺼내 맛보았다.

달았다! 고된 하루 끝에 먹는 사과라 더 특별했다.

행복한
미안함

,

새벽 5시에 깨어 하늘을 보니 비가 오기에 긴 한숨을 쉬었다. 1시간 정도 지나 빗줄기가 약해지자 출발을 서둘렀다.

그러자 다시 비가 온다. 처마 밑에 몸을 숨기자 비가 오지 않아 출발했는데 또 다시 비가 내린다. 그러기를 무슨 만화처럼 반복했다. 처음에는 한숨이 나왔는데 가만히 생각해 보니 상황이 재미있었다.

나도 모르게 깔깔거리며 박장대소하자 옆에 있던 어르신이 힐끔 나를 쳐다본다.

오늘 신이 내려 주신 비를 다 맞고, 가능하다면 이 병도 씻겨 나갔으면 좋겠다는 생각이 들었다. 오늘처럼 힘든 날에는 며칠 전에 보내 준 환우들의 메시지가 큰 힘이 되었다.

그중 한 분은 수원에 사는데 서울까지 같이 걷고 싶다고 했다. 이 산책이 자기에게 큰 용기를 주었다며 고맙다는 말도 함께 보내 주었다.

또 한 분은 평택에 사는데, 그곳을 지날 때 같이 동행해 주신다고 했다. 우연히 알게 된 횡성 분은 매일 문자와 전화로 나의 행보에 박수를 보내 주고 있었다.

SNS에 오늘 올라온 글들을 읽으며 무엇인지 모를 뭉클함으로 한참을 서 있었다.

암 환우들에게 용기와 희망을 주려고 시작한 일인데, 반대로 내가 힘을 얻고 있으니 이보다 더 큰 '행복한 미안함'이 어디 있을까.

소리 내어
울다

,

이상하다. 약정 기간이 끝나면 휴대폰은 왜 이리도 말을 안 듣는지 모르겠다. 스마트폰을 출시할 때 마녀가 마법을 걸어 놓은 게 틀림없다.

'수리수리 마수리 약정 기간이 끝나면 고장 나라!'

그것도 꼭 필요할 때 말을 듣지 않는다. 지금까지 휴대폰을 바꿀 때마다 똑같은 현상이 일어났다.

약목역을 찾아 걸어가다가 할머니가 보이길래 "약목역이 어디에요?"라고 물었다. 할머니는 한의원을 가신다면서 갑자기 자신을 따라오라고 했다. 강아지처럼 할머니 뒤를 졸졸 따라가는데 손짓으로 "저쪽이여"라고 알려주었다.

감사하다는 말씀을 드리고 가는데 할머니는 내가 미덥지 않은지 내 앞까지 오더니 약목역 길 건널목까지 데려다 주었다.

오늘도 비가 서글프게 온다. 한참을 걷다가 보니 그 부슬부슬 내리던 비가 멈추고 하늘이 환하게 열리기 시작했다. 그러고는 순식간에 고운 빛들이 세상을 비추었다. 그 빛 때문에 갑자기 없던 힘이 솟았다.

걷다가 농어촌 버스 정거장 벤치에 앉아 쉬고 있는데 저 멀리서 쉬엄쉬엄 걸어오던 노부부가 내 옆에 앉아 나눈 이야기를 본의 아니게 듣게 되었다.

할아버지가 할머니에게 말했다.

"아프지 말게나. 거 아프면 쓰겠어."

"모르오? 남정네가 먼저 가버리는 거. 그래서 내 할아범과 보조 맞추려고 아픈 거여. 그래야 같이 가지. 신경 쓰지 말고 당분간 밥 잘 챙겨 들고 개밥도 주소."

"밥 맛 없어. 요즘 내 묵는 밥이 맛 없어."

할아버지의 말에 할머니가 걱정스런 얼굴이다.

"그러다 먼저 가재. 내 보조 맞추면 뭐 하노. 밥 챙겨 드소."

할아버지는 할머니가 걱정되는지 벤치에서 일어나 할머니의 손목을 잡더니 말했다.

"조심히 앞으로 먼저 가. 내 천천히 따라갈게."

두 분이 떠난 자리에 혼자 남게 되었다.

할아버지는 할머니가 걱정되는지 벤치에서 일어나
할머니 손목을 잡더니 말했다.
"조심히 앞으로 먼저 가. 내 천천히 따라갈게."

저분들처럼 벤치에 앉아 저런 이야기를 나눌 만큼만 살 수 있다면 좋을 것 같았다. 신이 나에게 건강을 뺏어 가더라도 좋다. 다만 사랑할 시간만이라도 주셨으면 행복할 것 같았다.

'신이시여, 사랑하는 아내와 함께할 시간을 좀 더 주십시오, 제발!'

멈추지 말고
전진하라

,

댓글과 전화나 문자를 받으면 모두 천천히 즐기면서 이동하라고 한다.

그러나 실제 걷다 보면 즐길 수가 없고 천천히 갈 수가 없다. 그 이유는 3월 병원에서 수술 이야기가 나왔기 때문이다.

현재 암이 생각보다 커졌다는 것이다. 만약에 수술을 한다면 체력이 되어야 하는데, 지금 몸으로는 힘들 것 같아서다.

하루라도 빨리 서울에 도착해서 만약 있을 수술을 준비해야 한다. 그래서 몸이 허락하는 한 가능하면 부지런히 걷고 또 걸었다.

며칠 전부터 경부선을 선택하여 움직였는데, 이 작은 도시에는 숙박 시설이 없는 곳이 너무 많았다. 그러다 보니 그 숙소를 찾아 돌아다니는 시간이 걸어온 시간의 반 정도는 되었다.

오늘도 스마트폰에서 찾은 역 주변의 면사무소에 연락을 해보았지만 숙박시설이 없다는 말만 돌아왔다.

내일부터는 몸이 허락하는 동안 걷고 숙소를 찾을 때는 대중교통이나 차를 빌려 타고 다시 돌아가거나 다른 곳으로 이동해야겠다는 생각이 들었다.

동생에게 전화가 왔다. 동생은 다짜고짜 소리부터 질렀다.

"미쳤어? 감기라도 걸리면 어쩌려고 그래? 지금 미친 짓을 하고 있는 건 알고나 있어?"

동생은 휴대폰에 열기가 느껴질 만큼 고함을 쳤다.

좀 안심을 시키려고 "아프면 돌아가기로 네 형수와 약속했다"라고 했더니 동생은 더 큰 소리로 말했다.

"아프면 돌아가기 전에 그냥 죽는 거야. 돌아갈 시간이나 있는 줄 알아?"

순간 마음이 먹먹해졌다. 그래 맞다. 동생의 말처럼 아프면 그냥 죽는 거다. 돌아갈 시간이 없다.

이 병의 특성상 순식간에 대량 출혈이 생기면 어디 연락도 못하고 쓰러져 아무도 못 보고 외롭게 죽는 것이다.

물론 알고 출발한 산책이지만 동생의 말을 통해 듣는 그 먹먹함이

순간 마음이 먹먹해졌다. 그래 맞다.
동생의 말처럼 아프면 그냥 쉬는 거다.
돌아갈 시간이 없다.

란 이루 말할 수가 없었다.

두 살 차이가 나는 동생은 늘 내게 존댓말을 했다. 존경한다는 형에게 존댓말을 잊을 정도로 고함을 지른 것은 형이 얼마나 답답하고 안타까웠으면 그럴까 싶었다.

"걱정 마. 사랑하는 하나뿐인 동생아, 형이 간다. 불편하겠지만 기다려라. 미안하고 고맙다."

지금 나를 데리러 김천까지 온다고 한다. 말리고 또 말렸다.

아마 내일 또 전화해서 한바탕 퍼부어대겠지!

죽음에 대한
외로움

,

어제 동생이 한 말이 마음속에서 지워지지가 않는다.

'아프면 돌아가기 전에 그냥 죽는 거야.'

길을 걸으며 집에 가장 돌아가고 싶을 때가 있었다. 바로 어제였다.

병치레를 10년 하다 보니 죽음에 대한 두려움은 많이 없어진 듯했다. 그래서 죽음에 대해 어느 정도 이해하고 용기가 생겼다고 생각했다.

그런데 어제 동생의 말을 듣는 순간 깨달았다. 죽음은 두려움보다는 외로움의 무게가 더 크다는 것을, 외로움에 대한 슬픔이 더 가슴을 저미게 한다는 사실을 말이다.

예전에 응급실에 누워 있을 때 일이다. 어떤 남자가 실려 들어왔다.

5분 정도 지났을 때 갑자기 여자의 통곡소리가 들렸다.

죽음은 두려움보다는 외로움의 무게가 더 크다는 것을, 외로움에 대한 슬픔이 더 가슴을 저미게 한다는 사실을 말이다.

"○○ 아빠, ○○ 아빠, 나 어떻게 해. 우리 ○○이는 어떻게 해. 어떻게 말 좀 해봐, 뭐라 말 좀 해봐."

절규하는 소리에 응급실 전체가 숙연해졌다.

한마디만 해달라는 여자의 절규가 들릴 때, 다른 한편 가족에게 마지막 인사도 건네지 못한 남편의 심정이 어떨까 싶었다.

남편은 산악자전거를 타다가 심장마비로 죽음을 맞이했다고 한다. 아무 말도 전하지 못하고 사랑하는 아내와 아이의 이름조차 부르지 못하고 떠나야 했을 순간 얼마나 외로웠을까 하는 생각에 몸서리가 쳐졌다.

아내의 울부짖음은 가족과 인사도 못하고 떠난 남편의 외로운 죽음이 더 원통해서일지도 모른다는 생각이 들었다.

오늘도 동생에게 전화가 왔다.

어제처럼 호통을 치진 않았지만, 서울까지 태워 주겠다는 제안을 했다.

"괜찮다, 동생아."

나는 동생을 달래고 전화를 끊었다.

이번 걷기에서 혼자 있는 연습을 하고 싶었다. 그래서 죽는 순간의 외로움을 이해하고 그에 맞설 용기를 가져 보고 싶었다.

오다가 산 사과 두 개 중 한 개를 물장난을 하는 아이에게 주었다.
아이가 아니라 엄마가 고마워하며 웃는다.

좋다. 오늘도 좋다.

진짜
올갱이국

,

오늘의 긴 산책은 생각보다 편했다. 영동대로에도 차가 그리 많지 않아서 마음 졸이면서 걷지 않아도 되었다.

오늘처럼 편한 길이 앞으로도 계속 이어졌으면 했다. 영동대로에서 본 충청북도를 알리는 표지판을 보는 순간 기분이 좋았다.

보고 싶은 동생에게 가까워지고 있었다.

태어나서 처음으로 진짜 올갱이국을 먹어 봤다. 그곳은 황간역 근처에 있는 올갱이국밥집이다.

도시에서 만드는 대부분의 올갱이국은 팩에 든 것을 끓여 주는데 진짜 올갱이국 맛을 내려고 각종 화학 첨가제를 넣는다고 한다. 그것을 알고 나서부터는 먹지 않게 되었다.

그런데 오늘 올갱이국밥은 첨가제 없이 된장과 시금치 그리고 올갱이가 어우러져 맛이 시원했다. 오래간만에 '집밥 같은 밥'을 먹게 되어 주인에게 몇 번이나 감사하다고 인사했다.

황간역에서 직진하니 '노근리'가 나왔다. 노근리는 미군이 민간인을 처참히 살해하고 은폐했던 사건으로 잘 알려진 곳이기도 하다. 당시 약 4백 명의 희생자가 발생한 걸로 알고 있다.

그 근방을 지나면서 가슴이 먹먹했다. 국가가 힘이 없으면 국민이 이리도 처참하게 도륙당하고, 국가가 진실되지 못한 지도자를 두면 국민에게 치욕을 안겨 준다는 것을 역사가 보여 주는 곳이다.

걷는 내내 과일이 먹고 싶어서 영동에 도착하자마자 사과 한 봉지랑 바나나를 조금 샀다.

그리고 그동안 나의 길에 동행했던 《독일 계몽주의》란 책을 다 읽고 영동역 대합실에 꽂아 두었다. 책을 사랑하다 못해 집착하는 내가 대합실에 녀석을 입양 보낸 것은 가방의 무게가 점점 무겁게 느껴지고 어깨가 아파 왔기 때문이다.

내일은 사랑하는 동생을 보는 날이다. 아프게 보이고 싶지 않아 오늘은 팩을 할까 한다. 동생이 내 걱정을 안 해야 내 마음도 편할 거 같아서다. 예쁜 얼굴로 만나고 싶다.

'맛항'을
먹을 시간

,

12시 알람소리와 함께 고운 피아노 선율이 울린다. 보통 12시면 남들은 '맛점(맛있는 점심)'을 먹을 시간이지만, 난 매일 '맛항(맛있는 항암제)'을 먹는다.

오늘은 항암제 삼형제를 먹기 전 약 5분 동안 가만히 쳐다봤다. 그러다 보니 이번 여행에서 밤마다 신에게 기도하던 내 모습이 떠올랐다.

'제발 항암제의 후유증이 생기지 않게 해주시고, 만약 고통을 주신다면 걷는 데 부담이 없는 통증만 주시기를. 그리고 초인적인 힘으로 끝까지 완주할 수 있는 용기와 의지를 주시기를.'

그 기도 덕인지 아직까지 고혈압, 심장발작, 근육통 같은 힘든 상황은 없었다. 내가 생각해도 믿기지 않는 힘으로 나아가고 있다.

오늘도 어제의 기도를 마음속으로 되새기며 '맛항'을 먹었다.

'감사합니다. 신이시여. 오늘도 당신 때문에 큰 희망으로 걷습니다.'

사랑하는
동생 부부

,

동생네 가족을 오늘 만났다. 동생은 나를 보자마자 아무 말 없이 포옹을 해주었다.

딱 1년 만에 동생 집에 방문한 것이다.

동생네 집은 2층집이다. 1층은 음식점으로 사용하고, 2층은 가정집으로 쓰고 있었다.

1년 전 잘 걷지도 못하는 나를 동생이 자신의 집에 요양차 와 있으라고 해서 내려간 적이 있다. 도착하는 날 동생은 날 안고 2층 계단을 올라가면서 많이 울었다.

그때 아내가 서울에서 정리할 게 있다고 해서 내가 먼저 내려와 있었다.(그 정리란 게 내가 7일 시한부 선고를 받았기에 여러 가지로 주변 정리를 하기 위해서라는 것을 나중에 알았다.)

당시 내 발은 늘 두 배 이상 부어 아팠는데, 그때마다 동생이 다리를 주물러 주었다.

어느 날 밤 잠이 들었다가 눈을 떴는데, 다리가 아파 끙끙거리는 소리를 들은 제수씨가 졸면서 내 다리를 주무르고 있었다. 잠시 후 동생이 제수씨와 교대해서 내 다리를 주무르기 시작했다.

그렇게 동생네 집과 병원을 오가며, 입원과 퇴원을 반복하면서 3주 동안 지냈던 곳을 걸어서 다시 오게 되니 감개무량했다.

저녁으로 미역국과 오리요리를 먹으면서 그동안의 여정에 대해 이야기했다. 아주 오랜 시간을 걸었는데 약 3시간 만에 그 이야기를 다 할 수 있다는 것이 신기했다. 언어의 정보 전달 속도는 역사를 만드는 속도보다 빠르다는 말을 새삼 확인하는 밤이었다.

늦은 밤 제수씨가 내가 잘 방에 이부자리를 펴주면서 걱정스런 얼굴로 말했다.

"아주버니, 여기까지 오신 것만으로도 성공이세요. 그이가 형님 걱정을 많이 하던데 내일 차로 모셔다 드릴게요."

"제가 다시 한 번 제수씨에게 신세질 순 없죠. 건강히 잘 걸어갈게요."

조금 있다 동생이 올라왔다.

"형, 대전까지 오는 게 목표 아니었어?"

"내가 언제 대전까지라고 했냐. 서울까지 걸어간다. 걱정하지 마라."

동생은 기막히다는 표정으로 아무 말도 못하고 나를 쳐다봤다.

"그럼, 낼 아침은 먹고 가. 해줄게."

더 이상 동생에게 부담을 주기 싫었다.

"아니야. 나 새벽 일찍 출발해야 하니 그냥 자라. 아침은 내가 알아서 해결할게."

"먹고 가라면 좀 먹고 가요, 참 똥고집은. 먹고 가는 걸로 알게. 그만 자요."

동생은 고집스러운 형과 더 이야기해 봐야 소용없다고 생각했는지 그냥 문을 닫고 나갔다.

'내가 아프니 지가 형 노릇 하려고 덤비네!'

화를 내긴 해도 동생이라서 그런지 웃음이 나왔다.

동생은 아무리 나이 들어도 내 눈엔 어린아이처럼 보인다. 지금도 말을 하거나 움직일 때 보면 귀엽고 예쁘기만 하다. 지금도 나의 휴대폰에 저장된 이름은 '사랑하는 동생'이다.

한밤에 울린
전화소리

,

자려고 누워서 내일 일정을 그려 보다가 잠이 들려하는데 동생이 문을 두드리면서 "형 자?"라고 물었다.

"아니, 안 잔다."

"형, 미안한데요, ○○이네 집에 지금 갈 수 있어요?"

"갈 수는 있지. 근데 왜? ○○이네 무슨 일 있어?"

"형도 ○○이 알지? 그 녀석 암 같다고 해서 형이 가서 ○○와 그 가족에게 말 좀 해주었으면 해서……."

늦은 밤 도착한 ○○네는 이미 암이라는 판정을 받은 것처럼 무겁게 가라앉아 있었다.

○○네와 동생네 집은 친척보다 더 친하고 서로를 배려하는 소중한

이웃사촌이다.

제대한 지 얼마 안 되는 젊은 친구가 암일지도 모른다는 지역 병원의 소견 때문에 낼 모레 서울에 있는 큰 병원으로 간다는 것이다.

녀석에게 걱정 말라고 했다.

"설사 최악의 순간이라도 넌 젊어서 암 수술이나 치료를 받으면 회복 속도나 치료 속도가 빨라. 그러니까 너무 걱정 마. 날 믿어라! 이 삼촌이 약 10년 동안 투병하면서 이젠 반 의사잖니."

그리고 부모님에게는 서울에 있는 병원에서 어떤 절차로 어떤 검사를 하고 무엇을 해야 하는지 알려 주면서 위로의 말을 건넸다.

그렇게 한 시간 가까이 이야기를 하고 돌아오는 길, 아무도 입을 열지 않았다. 지금 그들이 느끼는 고통이 무엇인지 서로 잘 알기 때문이다.

환자가 모르는 가족의 고통과 가족이 모르는 환자의 고통!

차 안에서 하늘에 있는 별에게 기도한다.

'그 젊은 친구에게 나와 같은 병이 생기지 않게 희망별자리란 이름으로 반짝여 주기를……'

감동의
출발

,

새벽 동생네 가족 몰래 도망치듯 나가려고 고양이보다 더 살금살금 가방을 챙겨 방문을 열고 나왔다. 그 순간 제수씨가 2층 현관문을 확 열고 들어왔다.

순간 정말 많이 놀랐다.

"아주버니, 식사하세요. 다 챙겨 놨어요."

"네, 이 시간에요?"

"아무래도 아주버니가 몰래 가실 것 같아서 밤 샜어요. 빨래도 하고, 청소도 하고, 아침밥도 하고요."

조금 있으니 동생이 올라왔다.

"형, 일어났어요? 아침 밥 먹고, 이 도시락은 가면서 먹어요."

아침밥이 입안에서만 돌고 돌 뿐 넘어가질 않았다.

목구멍으로 밥을 넘기는 순간 눈물이 날 것 같았다. 밥을 이렇게 감동으로 먹긴 오래간만이었다. 아침밥을 어떻게 먹었는지 모르겠다.

"도시락, 고맙다. 그만 가볼게. 그리고 ○○네 결과 나오면 알려줘."

1층 마당에 나오자 제수씨가 차를 타라고 했다. 동생은 내 허리를 잡더니 차 안으로 밀었다.

"뭐 하는 거냐?"

"형 차 안타면 억지로라도 태워서 서울로 갈 거고, 차 타면 요 앞까지 바래다 줄게."

동생은 말대로 얼마 가지 않아 내려주었다.

"형, 조심해서 가요. 중도에 무슨 일이 있으면 나한테 연락해요. 서울보다 내가 더 빨리 갈 수 있으니까, 꼭 전화해."

돌아가는 동생네 차가 보이지 않을 때까지 돌아보면서 걸었다.

도로에는 청소부 아저씨가 종이를 줍고 있었고, 안개는 좀 더 엷게 퍼지고 있었다. 동생 부부 때문에 행복 에너지가 온몸 가득히 넘쳐났다. 오늘은 아마도 더 힘 있게 진격하지 않을까 싶다.

'사랑하는 동생아, 늘 미안하다. 이제 장남 노릇까지 짊어지게 하는 건 아닌지. 그리고 고맙다. 이 못난 형을 이리도 사랑해 줘서.'

천안 시청
도착

,

아침 해가 뜬다. 누군가 그랬다.

"아침의 태양은 언제나 희망을 이야기한다."

그 희망의 아침에 동생이 싸준 도시락을 열어 보니 몸에 좋은 알찬 녀석들이 나의 손길을 기다리고 있었다.

흑임자죽과 야채, 딸기 그리고 후식으로는 볶은 현미와 흑미였다.

아침햇살이 등나무 잎 사이로 비치는 벤치에 앉아 콧노래를 부르며 맛나게 먹었다. 간만에 먹는 든든한 아침식사다.

암환자라 화학첨가제가 가미된 음식물을 못 먹기에 일반식당도 갈 수가 없어 대부분 시장이나 마트에서 파는 견과류나 과일 정도로 배를 채우고 12시에 항암제를 먹는다.

속이 거의 빈 상태로 항암제를 먹기 때문에 걷는 내내 속이 울렁거리거나 구토가 나려고 했다. 그래도 다행인 것은 이런 증상만 있지 구토는 하지 않았다.

드디어 천안 시청에 도착했다. 체력이 점점 떨어지는 것을 느꼈다.

신발이 서서히 어제보다 눈에 띄게 끌리기 시작했다. 신발 밑창을 보았다. 등산 트래킹화인데 바닥이 많이 닳았다. 내가 힘든 만큼 녀석도 많이 힘들어했을 것 같다.

새로 사기 전에 많이 예뻐해 줘야겠다.

'미안하다. 신둥아(신발)!'

오늘 길은 좋았다. 두 번 정도 길을 잘못 들어섰지만 대체로 편하게 왔다. 특히 충청남도 평생교육원부터 자전거 길이 생각보다 잘되어 있어서 갓길을 걸었을 때 달리는 차의 두려움에서 해방되어 좋았다.

충청남도를 알리는 푯말을 보고 내리막길을 내려가는데, 어느 할아버지가 경운기를 타라고 했다.

"아닙니다, 어르신. 지금 걷기 여행 중입니다. 감사합니다."

할아버지는 고개를 끄덕이더니 말했다.

"건강한 여행하게. 배고프면 우리 집에 들러. 저기 돌면 바로 나와."

손을 흔들며 가는 할아버지를 보면서, 얼마 전 마을회관을 빌려 주기 싫어 나를 마을 어두운 외곽으로 데리고 간 뒤 도망친 마을회장 어르신이 또 생각났다. 살다보면 참 다양한 종류의 사람을 만나게 되는구나 싶었다. 그러자 살며시 웃음이 나왔다.

잠시 뒤 동생에게 전화가 왔다. 내 목소리가 조금 힘들어 보였나 보다. 지금 당장 천안으로 오겠다고 한다.

'스토커 같은 녀석, 싫다고 그리 말했는데 아직까지도 미련을 버리지 못하고 날 납치할 궁리만 하는구나!'

내일은 평택이다. 그리고 3일에 최종 목적지인 아산병원에 도착할 것이다. 그때까지 항암제의 부작용을 이기면서 걸을 수 있기를 오늘도 신에게 기도한다.

SNS 편지

,

전에 재능기부를 하면서 만나 페이스북 친구가 된 〈머니투데이〉 방송의 최남수 본부장님이 어느 날 나의 타임라인에 글을 올려 주었다.

이 글을 보면서 고맙기도 하고, 내가 이런 과찬을 받아도 되나 싶어 몸 둘 바를 몰랐다.

아름다운 사람 김성환,

언제 겨울이었냐는 듯이 봄꽃이 이제 계절의 중원에 차오르는 요즘. 뭉클한 가슴으로 꽃 한 송이를 지켜보고 있다.

아름다운 사람 김성환,

오랜 기간 동안 암 투병 중인 그가 부산에서 서울로 걸어서 올라

오겠다는 야무진 계획을 실행에 옮겼다.

밀양 청도를 거쳐 지금쯤 대구를 지난 어느 지점에 있는 듯하다.

'정말 대단하다'는 생각과 함께 아슬아슬한 시선의 엇갈림은 부인할 수 없다. 몸도 불편한데 너무 힘들지 않을까 하는 걱정이다. 하지만 전화로 들려오는 그의 목소리는 씩씩하기 그지없다.

몇 해 전 재능기부 차원에서 학생들에게 저자 강연을 하는 자리에서 그를 만났다. 이후 쭉 이어져 온 아름다운 인연. 항상 사회적 약자를 돕기 위한 일에 대한 생각으로 가득 찬 사람. 올곧은 생각으로 바르게 사는 모습을 보여 준 사람.

그의 옆에는 그를 믿고 사랑하는 천사 한 분이 계시다. 두 분 다 참 착하고 멋진 한 쌍이다.

아름다운 사람 김성환.

그가 서울에 도착하면 큰 포옹으로 안아 주고 싶다.

"지켜보는 나에게 큰 가르침을 주었다"라고 고맙다는 말을 하고 싶다.

서울까지 오는 동안 하느님이 힘 주시고 동행하시며 보호해 주시기를 기도한다.

아름다운 사람 김성환.

당신은 정말 멋진 분입니다. 아름다운 사람입니다!

서울 올라오면 꼭 봬요!

이 글을 읽고 나 역시 감사의 마음을 전하고 싶었다.
이 산책을 잘 마무리하고 그 따뜻한 마음에 보답하듯 감사의 인사
를 하고 싶다고.

환우 가족과
지인의 사랑

,

많은 분들의 응원 속에 걷고 있다. 오늘은 평택으로 출발한다. 얼마 전에 평택에서 사는 분이 연락을 했다.

부인이 나와 같은 희귀암을 앓고 있다고 한다. 그러면서 이 여정을 응원하고, 평택을 지나면 하루 전에 전화를 달라고 했다.

"저는 평택에서 약 40분 정도 떨어진 안중 외각에 살고 있는데, 마중 갈게요. 오늘도 힘든 여정이었을 텐데, 편히 쉬세요."

그리고 연락처를 보내 왔다. 그분의 글을 다시 한 번 확인하고 출발했다.

오늘의 목표는 지역이 아니라 '사람'이다. 이번 걷기에서 느낀 것이 많은데, 그중 하나가 사람을 향해 가는 것이 지역을 향해 가는 것보다 훨씬 더 기쁨이 넘친다는 사실이다. 가끔 이런 나의 마음을 내 발과 다리가 먼저 아는 게 아닐까 싶을 정도로 가뿐하게 걷는다. 오늘도 가벼운 산책이 될 것 같다.

충청남도의 상징인 '횃불소녀'를 등지고, 이제 경기도라는 푯말 아래에 평택시 유천동이란 이정표를 봤다. 이제 거의 다 왔다. 그리고 저 멀리 차 안에서 손을 흔드는 분을 발견했다.

공인환 선생님이었다. 나 역시 손을 흔들며 목례로 인사를 드리고 차 있는 곳으로 성큼성큼 다가갔다.

차 안에는 선생님과 환우인 사모님이 타고 있었다. 사모님이 나와서 나의 손을 잡더니 안타까운 표정으로 눈물을 보였다.

"어떻게, 다리는 괜찮아요? 발은?"

나를 잘 모르는 분이 이렇게 눈물까지 글썽이며 안부를 묻는 것이 당황스러웠지만, 다른 한편 가슴 뭉클하기도 했다.

공인환 선생님이 사모님을 다독였다.

"어서 밥이나 먹이자고. 배고프고 힘들 텐데, 그만하고 어이 타요."

차 안에서 두 분은 뭘 먹을까 논쟁을 벌이다, 나보고 결정하라고 선택권을 넘겼다. 초면인데 난감했다.

"두 분께서 드시고 싶은 걸로 고르세요. 전 아무거나 잘 먹어요."

결국 갈비탕을 먹으러 갔다.

선생님은 나와 사모님을 태우고 집으로 가는 동안 이런저런 이야기를 해주었다.

"자네가 먹고 싶다는 집밥을 해주려고 해산물을 준비하고, 과일가게에 들러서 사과랑 배도 사났네."

'아, 그걸 어떻게 오늘 다 먹지.'

행복한 공포감이 밀려왔다. 선생님 댁에 도착해서 씻자마자 사모님이 밥을 하기 시작했다.

선생님과 그동안 걸어오면서 겪은 이야기 보따리를 풀어낼 때마다, 사모님은 "어쩜, 그런 일이" "아이고, 고생했네"라는 추임새를 넣어 주었는데, 그 따뜻한 모습에 웃음이 나왔다.

사모님은 방금한 고슬고슬한 하얀 김이 올라오는 밥에 각종 해물요리와 김치를 준비해 주셨다.

모두가 부른 배를 안고 행복한 웃음을 지었다. 함께했던 분들이 모두 돌아가고, 잘 시간이 되었다.

선생님은 나에게 큰 방을 내주셨다. 그 마음이 고마웠지만 죄송해서 물었다.

"선생님은 어디에서 주무시려고요?"

"여기 방이 몇 개인데 아무데나 자면 되지. 어서 들어가 자게."

'건강하게' 라는 말은 우리에게 그냥 흔한 인사가 아니다.
'살아야 하네, 살아야 해' 라는 생존의 뜻이다.

잠들기 전에 큰형님이 되어 버린 선생님과 가족을 위해 긴 기도를 했다.

'형수님이 앞으로 아무 일 없이 암을 극복하여 나으시는 기적을 주십시오!'

피곤과 배부름 때문인지 금방 잠이 든 것 같다. 새벽 알람 소리에 잠이 깼다. 최대한 조심해서 문을 열고 가려는데, 두 분이 거실에서 이불을 덮고 주무시는 모습을 보았다.

그날 날씨가 꽤나 추웠는데 연세든 두 분이 나를 위해 추운 거실에서 주무셨다는 게 죄송스러웠다.

서둘러 옷을 챙겨 입고 큰 절을 하고 가려 하자, 큰형님이 나를 잡았다.

"아침을 부담스러워하는 것 같아 과일 야채 도시락을 썼네."

감사한 마음으로 염치없이 받아 나오려는데 큰형님이 다시 나를 잡았다.

"여기가 평택시청과 멀어. 시청까지 태워 줄게."

차 안에서 큰형님이 당부를 했다.

"앞으로 '큰형님'이라고 부르고 건강하게 완주하기를 바란다. 늘 너를 위해 아침기도를 하고 있으니 너도 기도해라, 알았지?"

차에서 내리자 큰형님이 나를 포옹해 주셨다. 나 역시 그분을 꼭 안아 드렸다.

마지막으로 큰형님이 "건강하게"라는 말을 하는 순간, 그만 눈물을 흘리고 말았다.

'건강하게'라는 말은 우리 암환자에게 그냥 흔한 인사가 아니다. '살아야 하네, 살아야 해'라는 생존의 뜻이다.

살아야 한다는 격려와 희망을 전하기 위해 다시 걷기 시작했다.

이제 오산으로 간다.

서울 입성
D-2

,

'수원 근처에 도착하면 연락 주십시오.'

오세욱 님의 문자다. 걸어오는 동안 가끔 문자로 응원해 주는 환우다.

어느 날인지는 잘 기억나지 않지만 '폐가 되지 않는다면 같이 조금이라도 걸을 수 있나요?'란 문자가 왔다. 흔쾌히 영광이라는 말과 감사하다는 메시지를 보냈다.

오산에 오면서 통화를 하고 내가 오늘 묵을 찜질방 주소를 알려드리고 다음 날 아침 7시에 만나기로 했다.

내일은 적어도 외로운 길은 아니겠구나, 하는 생각과 그와 함께 서울 입성을 상상하니 미소가 절로 나왔다.

오전 5시, 이상하게 일찍 깨었다. 그에 대한 막연한 기대감과 호기심 때문이었다.

그에게 초췌한 모습, 걸어오면서 내 몸과 내 얼굴에 쌓인 거리의 흔적을 보여 주고 싶지 않았다. 그도 지금 투병 중이기에 내 외모에서라도 희망을 보여 주고 싶었던 것이다. 샤워를 하고 옷을 단정히 했다.

6시 45분, 문을 열고 나가자 입구에 오세욱 님이 나를 기다리고 있었다. 반가웠다.

그런데 역시 글리벡이란 항암제 때문에 피부색이 어두웠다. 순간 연민의 감정과 함께 10년 전 항암제 후유증을 겪었던 일이 생각났다.

오산에서 성남까지 그는 7킬로그램이나 되는 내 가방을 대신 멨고, 난 깃털처럼 가벼운 그의 가방을 멨다.

그는 장기를 절제해서 온몸에 근육통뿐만 아니라 마비까지 온다고 했다. 그런 사람이 나를 위해 새벽에 영통에서 오산까지 와서 함께 걷고, 게다가 가방까지 들어 주려고 안마를 이틀이나 받았다니, 가슴이 뭉클했다.

그의 착한 아내와 딸과 아들 이야기를 듣고 있자니 조용히 걷던 길이 유쾌해졌다. 함께하는 것은 이래서 행복하고 즐거운 모양이다. 남자들의 수다가 이렇게 즐거울 수 있다니 놀랍기도 했다.

내일은 사랑하는 아내를 볼 수 있어 행복하다.

오늘 밤부터 눈물 참는 연습을 해야겠다.

도중에 가져온 과일과 간단한 먹거리를 함께 먹으면서 짧지만 달콤한 휴식을 즐겼다.

짧은 휴식 후 다시 걷기 시작했는데, 오세욱 님의 발가락에 물집이 잡혀서 밴드를 붙여 주었다. 아무래도 마음의 결정을 해야 할 것 같았다.

미금역에 도착해서 만찬과도 같은 식사를 하며 오세욱 님에게 정중히 이야기했다.

"걷는 걸 뒤에서 보니 왼쪽으로 가방이 쏠리고 다리가 안쪽으로 너무 기울어진 상태로 걸어서 물집이 잡힌 것 같습니다. 내일도 오늘만큼 걸어야 하는데 제가 보기엔 힘드실 것 같아요. 지금 다리와 어깨가 많이 아프신데 내일은 더 아프실 거예요. 여기까지 동행해 주신 것만으로도 고맙고 감사하니 몸 생각하셔서 이제 그만 돌아가시는 게 좋을 듯해요."

그도 내 말에 고개를 끄덕였다.

"내일까지 꼭 함께하고 싶었는데, 그래도 잠시나마 함께할 시간과 기회를 주셔서 고맙습니다."

사실 내가 더 고마웠다. 그는 얼굴도 모르는 나를 위해 휴가를 내어 함께한 것이다.

그에게는 꿈이 있었다. 어깨와 근육통을 겪으면서도 일을 하며 삶의 목표를 하나하나 달성해 나가고 있었다.

평창올림픽 중국어 통역을 하려고 준비하고 있고, 국제수영심판 자격증을 따고 싶다고 했다.

내가 보기에 그는 달나라도 날아서 갈 수 있을 것 같았다.

좋은 친구 같은 형님 한 분이 생겨 기뻤다.

내일은 사랑하는 아내를 볼 수 있어 행복하다. 오늘 밤부터 눈물 참는 연습을 해야겠다.

아내에게 재킷과 티셔츠, 바지와 구두를 가져오라고 했다.

참, 얼굴 팩도 해야 한다. 아버지 생신도 있지만 잘 생겨 보이고 싶었다. 지금은 반 노숙자처럼 보일 테니까.

서울 입성
D-1

,

비가 온다. 서울로 들어가는 길이다.

환우분들에게 조금이나마 희망을 드리고자 시작한 긴 산책이었는데, 거꾸로 페이스북 친구들과 환우분들에게 더 큰 희망을 얻고 응원을 받았다.

이제 서울 입성이 눈이 보인다.

나를 응원해 주신 모든 분들에게 온 마음으로 감사드린다.

미치도록 두려웠고, 미치도록 행복했고, 미치도록 걸었다.

이 모든 것을 함께 공유해 주고, 기억해 주어서 감사하다.

서울 입성

,

오전 9시 50분 서울 도착.

오후 12시 30분 아산병원 도착!

완주했다.

감사한 마음뿐이다. 그리고 많은 환우와 그 가족에게 내 무모한 산책이 미약하나마 희망이 되었으면 한다.

"일어나십시오. 여러분은 걸을 수 있습니다."

오늘도 신에게 기도드린다.

'모두가 일어나기를……'

아버지의
생신

,

예전에 아버지의 서랍에서 작은 노트를 발견했다. 자신의 이야기를 시
와 그림으로 표현한 습작 노트였다.

　지금도 기억나는 시가 있다. 물론 한 줄 한 줄 다 기억나는 건 아니
지만 새벽별을 보고 출근했다가 저녁별을 보고 집으로 돌아오는 당신
의 뒷모습을 시와 그림으로 표현해 놓은 작품이었다. 많이 외로워하시
는 것을 그때 알았다.

　아버지의 등이 넓고 넓은 만큼 삶의 짐이 크고 외로움은 더 하구나,
하는 생각이 들었다. 그때 내가 중학생이었다.

　이제 아버지를 뵈러 간다. 이번 긴 산책을 떠나기 전 부모님께는 이
런 저런 말 한마디도 없이 출발했다.

분명 이번 계획에 대해 말씀드리면 돌아오는 것은 마음앓이뿐이라고 짐작했기에 조용히 길을 떠났다.

긴 산책을 하는 동안 아버지 생신이 있다는 것도 알고 있었지만 전화 한통 드리지 않았다. "어디냐"고 물어보실 거고, 그 질문에 거짓말하기 싫어 알리지 않고 걸었다.

아내가 준비해 온 옷을 입고 부모님을 모시고 저녁식사를 함께했다. 부모님에게 이렇게 생신을 늦게 챙겨 드려서 죄송하다고 말씀 드리고 부산에서 서울까지 걸어왔다고 했다.

두 분께서 깜짝 놀라시면서 드시던 숟가락을 동시에 놓으셨다. 어머니는 눈물이 그렁그렁 하셨다.

스스로도 몸을 지탱하기 힘든 몸뚱이를 가진 내 상태를 아시기에 더욱 마음이 아프시다고 하셨다.

아버지는 그냥 짧게 말씀하셨다.

"장하다, 아들. 고생했다!"

어머니는 나를 보며 손을 잡고 연신 수건으로 눈 주변을 닦으셨다.

서로에 대해 많은 말을 하지 않아도 손길 하나, 눈길 하나에 수많은 감정을 느끼는 것, 그것이 바로 가족이란 이름의 고요한 교감이 아닐까 생각해 본다.

꼴찌들의
통쾌한 쇼

,

서울에 도착할 즈음 아는 지인이 전화를 했다.

"혹시 '꼴통쇼(꼴찌들의 통쾌한 쇼)' 아세요?"

"저는 잘 모르는데요!"

"아마 서울에 도착하실 쯤 전화가 올 텐데, 출연을 요청할 거예요."

이건 무슨 이야기인가. 당황스러웠다.

"왜요?"

"왜라뇨! 이번 산책에 대해 여러 사람들 앞에서 그 의미를 공유해
주시면 많은 분들에게 희망이 될 것 같아서죠."

"죄송하지만 저는 제 이야기를 남들 앞에서 해본 적이 없어서 좀 부
담스러운데요. 안 하고 싶어요."

"일단 건강히 잘 걸어오시구요, 나중에 '꼴통쇼'에서 전화 오면 다시 생각해 보세요."

전화를 받고 조금 당황스러웠지만 그냥 그런가보다 했다.

며칠이 흘러 생각하지도 않았던 총각네 야채가게 이영석 대표가 전화를 했다. 참석해 보면 좋을 것 같다는 이야기를 했다. 아픈 분들에게 희망을 줄 수 있다면 좋지 않겠냐고 나를 설득했다. 결국 나는 고개를 끄덕였다.

4월 12일. 태어나서 그렇게 많은 사람들 앞에서 개인사를 이야기한 적이 없어서 그런지 여간 긴장되는 게 아니었다.

지금까지 다른 사람 앞에 선 경험이라곤 주로 경영과 교육 관련 강연을 할 때뿐이었다. 이때는 이론과 예제를 들어 결론을 유추하고, 그 결론에 맞게 우리는 무엇을 어떻게 해야 하는지에 대한 이야기를 하면 되었는데, 모르는 사람들 앞에서 사적인 이야기를 해야 한다는 사실에 상당히 떨렸다.

내 차례가 되어 나를 소개할 때, 여기저기서 터져 나오는 함성과 박수 소리가 어지러웠다.

어떻게 무대 중앙에 앉게 되었는지도 모르겠다.

카메라에 빨간 불이 들어오고 여행의 목적과 에피소드 그리고 여행

"무엇보다 내가 건강해져야 합니다. 영혼이 들어 있는
이 육체라는 그릇을 온전히 사랑하세요."

을 통해 무엇을 얻었는지에 대한 이야기로 채워 나갔다.

이야기 도중 무대 앞에 앉은 아내가 연신 흐르는 눈물을 손수건으로 훔칠 때마다 가슴이 아팠다. 눈물이 나지 않게 어금니를 꽉 물었다.

쇼 중간에 나의 영원한 응원군 이혜원 선생님과 손미숙 선생님 그리고 김슬옹 교수님이 오셨다. 김슬옹 교수님은 나를 보자마자 꼭 안아 주셨다.

동병상련의 마음일까. 그분의 아이도 평생 고치지 못하는 희귀병을 앓고 있었고, 그분은 아이를 위해 자신의 모든 삶을 바치고 있었다. 그분 역시 내가 지금껏 어떻게 살아왔는지 잘 알고 있었기에 우리는 한동안 아무 말 없이 서로를 안고 있었다.

김슬옹 교수님은 그날 함석헌 선생님의 '그 사람을 그대는 가졌는가'라는 시를 읊어 주셨다.

희망에 대한 이야기를 마치고 뒷풀이 장소에 모여 이런저런 이야기를 하는데, 한 여성이 내 앞자리에 앉았다.

입술은 고목처럼 말라 있었고, 머리카락은 마치 병자의 그것처럼 윤기가 없었다. 그녀는 아픈 사람이었다. 그것도 많이.

오늘 병원에 가야 하는데 취소하고 나를 보러 왔다고 한다. 와줘서 감사하다는 인사와 함께 말했다.

"무엇보다 내가 건강해져야 합니다. 영혼이 들어 있는 이 육체라는 그릇을 온전히 사랑하세요. 그런데 오늘 병원 안 가신 것은 개인적으로 유감이네요.”

그녀가 입을 가리고 웃었다.

나중에 아내에게 들은 이야기인데, 그 여성은 작고 마른 내가 무대에 올라갈 때 “큰 거인을 보는 것 같았다”고 했단다.

그 후로 아내는 틈만 나면 놀린다. ‘작은 거인’이라는 좋은 별명이 또 하나 생겼다.

내가 없는 동안
아내의 고통

,

부산에서 서울까지 걸어오는 동안 아내는 새벽 3시~4시 넘어 잠자리에 들었다고 한다. 낮에 잠이 와도 나에게 전화가 올까 봐 잘 수가 없었다고 한다. 아내는 내가 돌아온 날 아주 깊은 잠을 잤다.

그리고 내가 없는 한 달 동안 7평 남짓 되는 텃밭을 태어나서 처음으로 고랑을 치고 비닐로 덮고 감자랑 고구마, 브로콜리 등을 심었다고 자랑했다. 또 '빨강머리 앤 1,000피스 퍼즐'을 사서 맞추고 있었다면서 오면 같이 하려고 색깔별로 구분해 놓았다고 한다.

사실 아내의 얼굴을 보느라 순간순간 아내의 말이 들리지 않았다.

아내의 웃는 얼굴을 보는 것이 세상에서 제일 즐겁고 행복했다. 그 웃는 얼굴을 평생 지켜 주고, 늘 그렇게 웃게 해주고 싶었는데…….

희망을
말하다

,

토요일 아산병원에서 희귀암 환자를 위한 병원 세미나가 있었다.

세미나에 참석하는 환우회 회장으로부터 이번 '부산에서 서울까지 긴 산책'을 한 이야기를 해달라는 요청이 있었다.

매일 항암제를 먹는 환자이면서 왜 그 힘든 '긴 산책'을 했는지, 그 속에서 무엇을 느꼈는지 공유해 달라는 부탁이었다. 몇 번을 거절하다 결국은 나서게 되었다.

그날 계단 맨 위에서 각종 의료용 팩을 팔과 목에 주사바늘로 연결한 상태에서 듣고 있던 환자가 있었다. 환자의 아내분이 나에게 다가와 말했다.

"카페에서 글 잘 봤습니다. 7일이란 시한부 인생을 잘 견디셨는데 남편도 지금 힘든 삶을 살고 있어요. 며칠 있으면 퇴원하는데 환자를 위해 무엇을 해야 할지 모르겠네요."

나는 두 가지를 이야기했다.

"첫 째는 기적보다는 하루하루 희망을 만들고, 그 '하루 희망'을 달성하도록 도와주세요. 만약 환자가 오늘 걷고 싶다면 어떻게 해서든지 걸을 수 있는 환경을 만들어 주고 응원해 주는 겁니다. 그렇게 '하루 희망'이 쌓이면서 생존이라는 큰 희망을 환자 스스로 가질 때 정말 살고 싶은 용기와 의지가 생기기 때문이에요."

"두 번째는 환자가 죽음에 대해 담담하게 받아들인다면 어떻게 죽음을 평온하고 아름답게 맞이할 것인가에 대해 서로 많은 이야기를 나눠 보세요."

이때 남편이 휠체어를 타고 오더니 말했다.

"손 한번 잡아 봐도 될까요?"

나는 멋쩍어 하면서 두 손을 내밀었다.

"훌륭하세요. 덕분에 큰 힘을 얻었습니다. 저도 나중에 꼭 걷고 싶습니다."

나는 그분의 손을 꼭 잡고 말했다.

"다음에 걸으실 때 같이 걸을 수 있는 영광을 제게도 주셔야 해요."

부부가 환하게 웃었다.

그 환한 웃음을 잊을 수 없다.

1년 뒤, 2년 뒤, 아니면 3년 뒤 언제든 이 부부의 웃음을 다시 보게 되기를 바란다. 부산에서 서울 도착을 알리는 소식과 함께!

주치의와
함께한 10년

,

10년이다. 나의 주치의를 만나고 지낸 지 이제 한 자리에서 두 자리로 숫자가 늘어났다.

병원 모니터에 내 순서를 알리는 글이 보이면 들어간다. 2분, 길면 5분 동안 검사 결과에 대한 이야기를 들으러 들어갈 때 가장 마음을 졸인다.

주치의 강윤구 교수님은 무표정한 얼굴 또는 가끔 찡그리는 얼굴로 검사 결과에 대해 이야기한다.

미간이 살짝 찡그려지면서 얼굴이 복잡해지면 이제 나도 안다. 결과가 아름답지 못하게 나왔다는 사실을……

10년 동안 딱 한 번 나를 향해 웃은 적이 있다.

그때가 아마도 암세포가 줄어들었을 때인 것 같다.

그 후로는 없었다.

환우회 모임에서 나를 보고는 "김성환 씨, 사진 한 장 찍어야지"라고 하셔서 함께 사진을 찍었다. 사진을 보니 교수님이 눈이 안 보일 정도로 환하게 웃고 계셨다.

'웃으면 이런 표정이구나!'

사진을 통해서 처음 알았고 그 사진을 볼 때마다 웃음이 났다.

그래서 환우회 모임 카페에 "웃으시는 모습이 참 아름답습니다. 감사합니다"라는 글과 많이 웃으시라는 글을 올렸다. 그 글을 올리자마자 교수님이 댓글을 달아 주셨다.

"고맙습니다. 김성환 씨. 잘 봐주셔서. 그동안 웃는 모습을 보여 드리지 못했다면, 그건 제 뜻대로 치료가 잘 되지 않아서일 것입니다. 저보다 더 잘 웃어 주고 친절한 의사들이 많은 것도 알고 있는데, 저도 노력하고 있지만 쉽지 않네요. 제가 추구하는 의사의 덕목은 친절보다는 병을 낫게 할 수 있는 능력입니다. 김성환 씨의 용기에 정말 놀랐고 격려를 보냅니다. 환우들도 감명을 받고 용기와 희망을 얻었으리라 생각합니다. 고맙습니다."

자신의 치료로 살아나는 환자가 많아야 하는데, 결과가 안 좋을 때 인간적인 슬픔과 안타까움을 교수님도 느끼고 있으리라.

환자를 지키는 가족과 그 환자를 낫게 하려고 고군분투하는 의사와 간호사들에게 이 글을 통해 인사를 드리고 싶다.

"감사합니다."

지금 이 순간을
기억하고 사랑하리

"내가 언제 여기에 다시 올 수 있을까?"

얼마 전 제주도에 다녀왔다.

이번 여행을 떠난 데는 세 가지 이유가 있었다.

첫 째는 긴 산책을 다녀온 뒤 고마운 세 분을 직접 뵙고 감사 인사를 드리면서 내 이야기를 해드리고 싶었기 때문이다.

그중 제주도에 계시는 성중경 목사님은 제주 귤을 보내 준 인연이 있는 분으로, 이번 긴 산책을 할 때 끊임없이 용기와 희망을 주었다. 암환우 분도 긴 산책 동안 꾸준히 나를 응원해 주었다. 또 한 분은 척추장애로 자가호흡을 하지 못하는 분인데, 예전에 재능 기부금을 만들어 보낸 인연으로 한번 만나고 싶었다.

두 번째는 사랑하는 아내의 생일에 기념여행을 가고 싶었다. 이번 긴 산책 동안 산골 집에서 무서움을 견디며 지냈다는 아내는 나를 보자마자 눈물을 글썽였다. 내가 걱정되어 늘 새벽 3시에나 잠이 들었다는 이야기를 하고는, 아내는 아주 깊은 잠에 빠져 들었다.

그동안 나를 걱정하느라 잠들지 못하다가 그제야 긴장이 풀린 듯했다. 잠든 아내를 보면서 가슴에 큰 돌 하나가 생긴 듯했다.

늘 이상하게 아내의 생일엔 큰 수술을 받든지 응급실에 누워 있든지 해서 아내의 생일을 건너뛴 적이 많았다. 마음의 짐을 조금이나마 덜어내고 아내의 환한 웃음을 보기 위해 여행을 준비한 것이다.

세 번째는 바로 나에 대한 선물이다. 이 모든 과정을 잘 이겨낸 내 자신에게 눈물 나도록 고마웠다.

생존 7일이란 시한부 선고를 받고 한 달을 살았고, 그러다 생존율 3 퍼센트라는 수술 끝에 10년을 살았다.

그 수술대에 오른 날이 바로 4월 20일이다. 그래서 생일은 2월 15일 이지만 다시 살아났다는 의미로 4월 20일로 정했다.

힘든 수술을 잘 견뎌내고 수술 후유증으로 걷기 힘들다던 왼발을 가지고도 잘 걸었고, 지독한 항암제도 나름 행복하게 이겨내고 있는 나 자신에게 선물을 주고 싶었다.

어느 방송 프로그램에서 탤런트 이순재 선생님이 여행 중 한 말이 기억에 남는다.

"내가 다음에 여기에 또 올 수 있겠나?"

그러고는 크게 웃으셨다.

죽음을 생각하고 있는 듯한 그 웃음이 내 이야기 같기도 했다. 그리고 두려움 없이 유쾌하게 웃는 모습이 좋아 보였다.

나도 그렇게 한바탕 웃으면서, 언제 다시 여기에 또 올 수 있을지 걱정하거나, 그 끝을 두려워하지 않을 것이다. 그리고 지금 이 순간 최선을 다해 살면서 기억하고 사랑할 것이다.

나는 지금 또 다른 꿈을 꾸고 있다. 7월부터 장애인과 암 환자를 위한 작은 일을 해보려 한다. 3월에 암환우들에게 희망을 주기 위해 부산에서 서울까지 긴 산책을 했을 때도 미쳤다는 말과 동시에 지지와 격려를 받으며 걸었다. 이번 일도 아마 미쳤다는 말을 들을지도 모르지만, 아마 그보다 더 많은 위로와 격려를 받으며 앞으로 나아가게 될 거라 믿는다.

사람이 사는 집

ⓒ 2014 김성환

초판 인쇄　　2014년 8월 20일
초판 발행　　2014년 8월 25일
—
지은이　　김성환
펴낸이　　강병선
편집인　　이선희

기획편집　　이선희 구해진
디자인　　이현정
마케팅　　방미연 정유선 오혜림
온라인 마케팅　　김희숙 김상만 한수진 이천희
제작　　강신은 김동욱 임현식
제작처　　한영문화사
—
펴낸곳　　(주)문학동네
출판등록　　1993년 10월 22일 제406-2003-000045호
임프린트　　나무의마음
—
주소　　413-120 경기도 파주시 회동길 210 2층
문의전화　　031-955-2643(편집) 031-955-2688(마케팅) 031-955-8855(팩스)
전자우편　　sunny@munhak.com

ISBN　　978-89-546-2560-9　03180

www.munhak.com